EW
エブリスタ
WOMAN

もう一度、優しいキスをして

高岡みる著

JN257868

三交社

もう一度、優しいキスをして

目次

プロローグ

厳《おごそ》かなパイプオルガンの音色と聖歌隊の優雅な歌声を聞きながら、新郎が祭壇の前で新婦を待っている。目の前には真紅のヴァージンロード。差し込む日差しは、ステンドグラスに反射して幻想的な世界をつくりだしている。

まるで映画のワンシーンのようだ。私はそんなことを考えながら、ただ呆然とその様子を眺めていた。

やがて扉が開き、純白のウェディングドレスに身を包んだ花嫁が入場してきた。健太郎《けんたろう》が選んだのは、色白でほっそりとした綺麗な人だった。しかも、私よりもずいぶん若いみたいだ。

花嫁は眩《まばゆ》いばかりの光を放ちながら健太郎の元へ歩いていく。幸せそうな笑みを浮かべ、その眼差しは祭壇の前の健太郎に向けられていた。

やはり出席するべきではなかった。後悔の念に押し潰されそうになりながら、私は誰にも気づかれないように小さくため息をついた。

ここは福岡《ふくおか》市内の外資系高級ホテルだ。以前友人の結婚式に招かれたことがあり、そのときのガーデンウェディングが素晴らしくて、私も式を挙げるなら、ぜひここでと心に決めていた。それが、まさか結婚を待ち望んでいた相手の結婚式に招かれることになろうとは夢にも思わなかった。

中谷《なかたに》健太郎は会社の後輩だ。私が所属する営業三課に彼が配属され、その教育係を担当したことが出会いだった。

健太郎の第一印象は、すっきりとした顔立ちの好青年。最初から年下だと感じさせない落ち着いた雰囲気に、指導する私のほうが緊張したことを今でも覚えている。そんな健太郎と恋に落ちたのは自然の流れだった。

当時私には、遠距離恋愛中の彼が別にいた。付き合い始めて三年。彼の転勤がなければ、いずれ結婚していただろう。でも、離れた暮らしも一年を過ぎると、心の距離が次第に離れていくのを感じていた。お互い別れを言い出せなくて、惰性で続けていただけだったように思う。

ある日、彼から他に好きな人ができたと打ち明けられた。薄々気づいていたけれど、それが現実になってしまうと、やはり悲しくて涙がこぼれた。

「ショーコさん、最近元気ないですね？　どうかしたんですか？」

「そう？」

彼と別れたことを隠して、会社ではカラ元気を出していたけれど、健太郎にはお見通しだったようだ。苦笑いでごまかす私に、健太郎は「週末だし、パッと飲みに行きますか」と誘ってきた。

その日、急な残業が入って会社を出たのは七時を過ぎてしまった。居酒屋が一番込み合う時間帯では、お気に入りの安くて美味しい居酒屋はどこも満席で入れなかった。

「しょうがないな。じゃあ、居酒屋けんちゃんにでも行きますか？」

そんなお店は聞いたことがないけれど、健太郎の行きつけなら間違いないだろうと思ってうなずいた。

博多《はかた》駅から地下鉄に乗り大濠公園《おおほりこうえん》駅で降りた。普段立ち寄ることのない町並みは新鮮で、通りに軒《のき》を連《つら》ねる居酒屋をチェックするようにのぞき込みながら、健太郎の背中についていった。

健太郎は雑誌やテレビで紹介されたことがあるイタリアンレストランや海老料理の専門店、それから串揚げ屋も通り過ぎていく。大濠公園駅から歩き始めて十分ほど経ったころ、彼は交差点の手前で足を止めると振り向いた。

「コンビニで買い出しするんで、ちょっと待っててください」

買い出しとは何のことだろう。不思議に思いながら「ねぇ、居酒屋けんちゃんってどこ？」と尋ねた。
すると、健太郎は「俺の部屋です」と当然のことのように笑顔で答えた。
「……あ、そう」と笑ってみせたものの、一人暮らしの部屋と聞いてためらった。
でも、健太郎と二人で飲みに行くことは、今までだって何度もあったし、ここで変に意識するのもおかしな話だと思い直して、結局は一緒にコンビニで買い物を済ませた。
健太郎が住むマンションは緩《ゆる》やかな坂を上ったところにあった。オートロックを解除
してエレベーターに乗り込む。エレベーターの中が妙に狭く感じられてしまうのは気の
せいではない。健太郎が持っているビニール袋には缶ビールと酎ハイとおつまみが二人
には十分過ぎるほど入っており、これをすべて飲み干してしまったら、二人の関係が変
わってしまうかもしれないという予感があったからだ。
「お邪魔します」
「どうぞ。汚いですけど」
健太郎の部屋は、私の部屋よりも片づいていて驚いた。
「綺麗にしてるんだね」
「物をゴチャゴチャ置くのが嫌なだけですよ。適当に座ってください」と、健太郎は
笑った。
ねえ健太郎。その夜、私に言ったこと、覚えてる？

あなたは「結婚を前提に付き合ってください」って言ったんだよ。

「四歳年上の会社の先輩に中途半端な気持ちで告白なんてしません」

そんなセリフを囁《ささや》かれたら、断る理由なんて見つからなかった。だから、付け加えられた「でも、結婚は一年だけ待ってください」というセリフにも、私は当然のようにうなずいた。

最初の一年は幸せだった。けれど一年が過ぎても、何も言ってくれない健太郎に、本当に結婚を考えているのかと不安になった。

そのせいか、些細《ささい》なことで喧嘩をするようになり、二人の関係は少しずつギクシャクしていった。

やがて、このまま別れが訪れるのを恐れた私は次第に言いたいことも言えなくなった。健太郎が私に触れることもなくなり、焦りと不安、それから健太郎を失いたくないという想いで、日々押し潰されそうになっていった。

誕生日や特別なイベントが巡ってくるたびに、彼からのプロポーズの言葉を期待した。けれど、その都度、私の期待は裏切られ、どうしようもない焦燥感に見舞われた。

もう限界だった。三十歳の誕生日を目前にして「結婚するか別れるか、どちらか決めてほしいの」そう言った私に、彼は別れを選んだ。

こうして、夢にまで見ていた健太郎との未来は、跡形もなく消え去ってしまった。

健太郎と別れたのは、もう二年も前の話だ。あれから、私はその失恋を引きずって、今も立ち直れていない。それなのに健太郎はたった二年の間に別の女性と知り合って、結婚まで決めてしまった。

今から二人は神様の前で永遠の愛を誓う。

賛美歌が終わり、パイプオルガンの音色もやんだ。牧師が聖書の朗読を始める。もうすぐ誓いのキスだ。見たくないと思っているのに、目を逸《そ》らすことができない。

健太郎が花嫁のヴェールを持ち上げる。見つめ合った後、顔を傾《かたむ》け、二人のシルエットが重なった。

その瞬間、言葉にならない声が漏れて、私は慌ててハンカチで顔を隠した。隣にいた後輩の美保《みほ》は、私が感動して泣いていると勘違いしたらしく「ショーコさんってば」と、私をなだめるようにそっと腕を掴んだ。

教会の外に出て新郎新婦を待つ。ライスシャワーの後は、恒例のブーケトスだ。式は終わったし、私はこのまま抜けて帰るつもりで、みんなの輪から離れようとした時だった。

「ショーコさん、何帰ろうとしてるんですか⁉　もうすぐブーケトスですよ！」

鼻息荒く、興奮気味の美保に腕を掴まれ、引き戻されてしまった。

「頭も痛いし、私はそういうのいいから」

「ダメです。順番的に次はショーコさんなんですから」

美保に悪気はないのはわかっているけれど、やっぱり傷つく。苦笑いを浮かべる私を無視して、美保は強引にブーケトスを待つ女性たちの輪の中に私を引っ張っていった。

「ちょっと、美保」

「頑張ってゲットしてくださいよ」

美保に背中を押された次の瞬間、女性たちの歓声が上がった。その声に空を見上げると、抜けるような青空に白いブーケが弧を描いてゆっくり落ちていくのが見えた。

みんながいっせいに手を伸ばす。必死に掴もうとした誰かの手に弾き飛ばされ、ブーケの軌道が思いもよらぬ方向に変わった。何の準備もしていなかった私の両手に白いブーケが収まって、困惑しながら顔を上げたその時、健太郎と目が合った。

健太郎は私から目を逸らさずに、よかったねというように微笑んだ。

途端に呼吸ができなくなった。血の気が引いて足が震えると同時に、心臓が引きちぎられるような痛みを覚えた。

ブーケを胸に抱きしめると、唇を噛んで健太郎を見つめ返した。

私はまだ失恋の痛みを忘れていないというのに、どうして健太郎は笑えるのだろう。

第一章　年下の男

　パソコンの画面と手元の書類を見比べながら、片手でデータを打ち込んでいく。残業続きの毎日で疲れがピークに達していた。できることなら仕事帰りにマッサージに行きたいところだが、その気力すら残っていなかった。

　凝り固まった筋肉をほぐすためにゆっくり首を動かすと、いくらか楽になったような気がした。

　このデータを打ち込んだ後は見積もりを一件済ませれば、今日の仕事は終わる。そう気合を入れ直した時だった。

「岡田《おかだ》さん、ちょっといいかな？」

「はい」

　課長に呼ばれて席を立つ。

「来週、別の支社から新しいのが配属されるだろ？　新井《あらい》君って言ったけ？　彼の面倒を当面の間、見てほしいんだけど、頼める?」

「私が、ですか?」

「そう」

課長は私の目を見て、きっぱりと言った。

「……わかりました」

不満に思っても、上司の命令には従うしかない。私は渋々うなずいてデスクに戻り、見積もり書の作成に取りかかった。

この会社、IAコーポレーションは素材メーカーだ。ウレタン、ゴム、プラスチック、複合材をベースとした材料開発とその製品化や、情報・IT機器などの身近な生活関連商品やコスメ用品に至るまで、生活のさまざまな場面に密着した製品の取り扱いを行っている。

私が所属している営業三課は発砲品がメインで、ここに人事異動で他の部署から一人転属してくるのだ。

部署が変われば、取り扱う商品も、取引先も変わる。そうなると、今までの知識は何の役にも立たなくなる。面倒を見るというのは、新人を教育するのと同じことなのだ。

ただでさえ担当を増やされて手一杯だというのに、新人教育までさせられると思うと憂鬱《ゆううつ》になる。

気分が乗らなくて、ついパソコンのキーボードを叩く手が止まってしまう。その時、隣の席の美保が私のほうに身体を乗り出してきた。

「ショーコさん、新井君って、いつこっちに来るんですか？」

「課長は来週からって言ってたけど」

視線を美保に向けると、うっとりとした表情で「来週かぁ」とつぶやいていた。

「知り合い？」

「私、同期なんですよ。歓迎会やんなきゃ」

そう言って、美保は意味深な笑みを浮かべた。

美保と同期入社ということは、私よりも六歳下ということになる。私は返事をせずにパソコンに向き直り、キーボードを再び叩き始めた。脳裏に健太郎のことが浮かぶ。

健太郎は私と別れて半年後、営業一課に転属になった。そして今月、名古屋に転勤する。

別れてから健太郎が異動するまでの半年間は地獄のようだった。同じ部署だから、打ち合わせや会議など当然会話をする機会は多いし、二人で営業に出ることもあった。そんな状況でも健太郎はいたって普通に私と接してきたから、私が彼にフラれた事実は誰にも気づかれることはなかった。

ただその半年間、私だけが毎日凍りついたような笑みを貼り付け、何事もなく無事に一日が終わるようにと願っていたのだ。

週明けの月曜日。いつもと同じ時間に出社すると、見知らぬ男性が支店長と談笑していた。見たところ二十代後半ぐらいだろうか。中肉中背ですらっとしている。清潔感もあるし、第一印象は悪くない。きっと、彼が新井君なのだろう。

ずいぶん楽しそうに話しているけれど、新井君は支店長のお気に入りなのだろうか。出世を望むなら社内営業は必要だと思う。あの気難しい支店長に取り入るとは、新井君はなかなかのやり手なのかもしれない。私は驚きというより、うんざりした気持ちで新井君を眺めていた。

始業時間が近づくにつれ、フロアに人が増えていった。新井君は談笑を終え、自分のデスクに着こうと、私のいる営業三課のほうに視線を向けた。そこでうかつにも私は新井君と目が合ってしまった。

これでは支店長とのやり取りを観察していましたと言っているようなものだ。気まずさのあまり、かえって目を逸らすことができない。

すると、新井君は人懐《ひとなつ》っこい笑顔を見せて、真っすぐこちらに向かって歩いてきた。やがて、私の目の前に来ると、何かを確認するように私の瞳の奥をのぞき込んだ。

ゆっくりと、そのカタチのいい唇が開く。

「営業三課の方ですよね？」

「は、はい」

「新井隆弘《たかひろ》です。今日からお世話になります」

「岡田祥子《しょうこ》です。よろしくお願いします」

新井君が頭を下げたのを見て、私も慌てて立ち上がって頭を下げた。

私が「新井君のデスクは私の斜め前、この席ね。とりあえず、座ってて」と言うと、彼は素直にうなずいてデスクに着いた。

間近で見ると、爽やかな笑顔が胡散《うさん》臭く感じられてめまいがしそうになる。当日からこれでは、滞りなく彼の教育係ができるか心配になった。

「ショーコさん、おはようございます。新井君もおはよ。これからよろしくね」

しばらくすると、美保が出社してきて営業三課は途端に賑やかになった。

「え？　鈴木《すずき》って営業三課だったの？」

「この前、そう言ったじゃない」

「そっか、俺、勘違いしてた」

「もうっ、人の話はちゃんと聞いてよね」

美保が頬を膨《ふく》らませると、新井君は「冗談だって。これからよろしく」と言って、笑った。

二人のやり取りを見ていて、美保が新井君と同期だと言っていたことを思い出した。私の同期は転勤であちこちバラバラというのもあるけれど、こんな風に気軽に話せるほど親しくはない。同性の同期に至っては、ほぼ寿退職しているのが現状だ。二人が純粋にうらやましいと思う。

「あ、そうだ、ショーコさん。今日、三人で新井君の歓迎会しませんか？」

「え？」

「新井君、今日何か用事ある？」

「強《し》いて言うなら、部屋の片づけぐらいかな。でも、近くに定食屋とか安くて美味い居酒屋とか教えてもらえると助かる」

「じゃ、決まり。ショーコさん、行きましょうよ？」

新井君を目の前にして行かないとは言いづらくて返事に困っていると、美保はそれを肯定と受け取ったのか「予約しておきますね」と、スマホでお店の検索を始めてしまった。

定時を過ぎると、美保がいそいそとデスクを片づけ始めた。それが終わると私に目配せをして、今日は残業ナシと圧力をかけてくる。私は無言でうなずいて、新井君に日報を書いて課長に提出するように指示をした。それから、急ぎの仕事が入っていないかメールを確認してパソコンの電源を落とした。

「今日はどこに行くの?」

「焼き鳥です」得意げな美保の顔を見て、今日の行き先がなんとなく想像ついた。

瑞穂《みずほ》の交差点で信号待ちのため、足を止めた。筑紫《ちくし》通りから一つ路地に入ると、知る人ぞ知る人気店が点在している。予約を取らない焼肉店や看板がない海鮮居酒屋、それから今から向かう焼き鳥屋もその一つだ。

「いらっしゃい」

年季が入った紺色の暖簾《のれん》をくぐると、威勢のいい声が私たちを出迎えた。

「三人で予約していた鈴木です」

「こちらどうぞ」

アルバイトの店員に案内されてカウンター席に座ると、すぐさま美保が生ビールを三つ注文した。

届いたばかりのビールジョッキを片手に乾杯して喉に流し込む。今日は新井君の指導で一日しゃべり通しだったこともあり、いつも以上にビールが美味しく感じられた。

「あー、仕事終わりのビールって最高」

思わず口をついて出た言葉に美保が反応する。

「ショーコさん、オヤジっぽい」

美保が笑いながら枝豆を口に運ぶと、新井君が私を擁護《ようご》するように「たしかに仕事の後のビールは美味いです」と言葉を重ねた。

メニューを開いて焼き鳥や一品料理を注文していく。私や美保にとっては珍しくない豚バラのしそ巻やうずらのベーコン巻などの、鳥串以外のメニューに新井君は興味津々といった感じだった。

「串もののメニューが豊富でびっくりしました」

「そう？　これが福岡じゃ普通だけど。ねぇ、ショーコさん」

そう言われて、新井君の出身地はどこだろうという疑問が浮かんだ。けれど、今ここで口にするのはどうかと思って「うん……」と気のない返事で言葉を濁《にご》した。

気がつけば、店内は仕事帰りのサラリーマンで溢《あふ》れかえっていた。その中で目立つ若い女性のグループをぼんやり眺めていると、それぞれ飲み物を手にして乾杯が始まった。

彼女たちが手にしているのは、私が飲んでいる生ビールのジョッキではなく、カラフルな甘めのお酒だった。

そう言えば、私も入社したてのころは、お酒が苦手だったと思い出して苦笑する。

いつの間に、生ビールのジョッキを傾けて、「仕事終わりのビールは最高」と言うようになったのだろう。

「何、一人で笑ってるんですか？」

目ざとい美保が、私のこぼした笑みに気がついて突っ込みを入れてくる。

「いつからビールが好きになったんだろうと思って」

「私と出会った頃には、すでにビールを浴びるように飲んでたじゃないですか」

「ちょっと、人聞きの悪いことを言わないでよ。浴びるようになんて……」

ブツブツと文句を言いながらビールを口に運ぶ。空になったジョッキを見て、すかさず美保が私に聞いてきた。

「ショーコさん、お代わりは何にします？　ビールでいいですか？」

「そうだね。ビールで」

二杯目のビールを注文する頃には、すっかりくつろいだ雰囲気になっていた。気のせいかもしれないけれど、美保を真ん中にしてL字型のカウンターに三人で座っていると、幾度となく新井君と目が合ってしまう。私の顔に何かついているのかと思い、何気なく頬を片手でなぞってみたけれど、特に変わった様子はないようだった。

冷静になって考えてみると、位置的に私が彼の視界に入っているだけで、意識してこちらを見ているわけじゃないことに気づく。自意識過剰の自分が恥ずかしくて一人小さく笑うと、ビールを喉に流し込んだ。

美保と新井君の会話から、彼は会社近くのマンションで一人暮らしをしていて、自炊は苦手で食事はほとんど外食だとわかった。二人の会話に耳を傾けながら、適当に相槌《あいづち》を打って枝豆を口に運ぶ。

話題は二人の近況報告から新人研修時代の話になり、私はいよいよ話に付いていけなくなった。同期同士で積もる話もあるだろう。それに、美保は新井君の転勤を心待ちにしていた。もしかすると、新井君に気があるのかもしれない。そうだとしたら、私は二人にとって、少なくとも美保にとっては、邪魔な存在ではないだろうか。

そう考えると、私が二人と一緒にここでビールを飲んでいるのは、とても無粋なことをしているように思えてきた。適当な理由をつけて先に帰るべきだろう。一言断りを入れて席を立とうと美保に声をかけた。

「美保、悪いけど、私は先に……」

「ちょっとトイレに行ってきますね」

私の言葉は、ほろ酔い気味の美保に遮《さえぎ》られた。

「待って。その前に……」

マイペースな美保は、私の言葉を無視してバッグを手にすると、席を立って通路の向こうに消えてしまった。

「美保、酔っ払ってるね」

「昔から酒を飲むとあんな感じでしたけど、変わってなくてびっくりです」

「そうなんだ……」

新井君と二人で席に取り残されると、途端に会話が少なくなった。無理やり口を開くけれど、話は弾まない。仕方なく間を持たせるためにビールジョッキに手を伸ばした。

こんなとき、何か話題を提供できたらいいと思うけれど、あいにく私はそんなスキルを持ち合わせていない。こうやってビールを飲むことしかできないのだ。

「岡田さん、次は何にします？」

「え？」

「もうジョッキが空じゃないですか」

「いや、私はもう……」

「じゃ、別のものにしますか？　お酒強いんですよね？」

「そんなことないよ」

「でも、さっきからハイペースで飲んでるじゃないですか」

「それは……」

酒豪《しゅごう》だと思われているとしたら、それは間違いだ。お酒は好きだけど、それほど強いわけじゃない。苦笑いを浮かべて、美保が歩いていった通路に視線を移し、彼女の姿を探した。けれど、いくら待っても美保は席に戻ってこなかった。

「俺は冷酒にします。岡田さんも同じものでいいですか？」

「冷酒？」

「付き合ってくださいよ」

「いや、冷酒はちょっと」

「いいじゃないですか」

新井君は意外にも強引だった。

「福岡のお酒はどれですか」と言いながら、勝手に冷酒を注文してしまった。

新井君に押しきられるかたちで、冷酒を飲む羽目になってしまった私は、切子細工《きりこざいく》が施《ほどこ》してあるお猪口《ちょこ》を見つめながら、冷酒を飲むのはいつ以来だろうと考えていた。

数年前ぐらいから日本酒を飲むと二日酔いをするようになって、何度も痛い目に遭った私は自然と日本酒を自粛するようになった。健太郎がビール党だったこともあり、私もビールをメインで飲むようになったのだ。

こんなときでも、健太郎のことを考えてしまう自分が嫌になる。健太郎と知り合う前の自分に戻れるように、手にした冷酒を一気に飲み干した。

トイレが込み合っているのだろうか。美保はなかなか戻ってこない。お酒がまわって上機嫌になった私は、気がつけば新井君を無理やり付き合わせて、この日何回目かの乾杯をしていた。

こんなにお酒を飲んだのは久しぶりだった。仲が良かった友達は男女問わずほとんどが結婚していて、お酒を飲みたいからと気軽に誘える人は同僚のみになっていた。同僚と言っても、美保以外はむさ苦しいオジサンばかりで、健太郎と別れてからというもの、私は仕事が終わると家に引きこもってばかりいた。

「はぁ……、潤いがほしい」

「何ですか？」

「だからぁ、潤いがほしいって言ってるの！」

どうしてそんなことを言ったのか、自分でもわからない。ただ、このときの私はひどく酔っていて、普段なら口にしないような言葉を口にしていた。

「飲み過ぎですよ」

「飲ませたのは誰？　新井君でしょ？」

「それ飲んだら出ましょうか？」

「イヤ、まだ帰りたくない」

「岡田さん、大丈夫ですか？」

私の顔をのぞき込んだ新井君の瞳が綺麗で思わず見入ってしまう。でも彼からすれば、私はお局《つぼね》様予備軍に見えているに違いない。そう考えるとなんだか悔しくなって、新井君のネクタイを掴むと自分のほうに引き寄せて彼の頬にキスをした。

新井君の目が驚いたように大きく見開かれた。

それを見た瞬間、自分がしでかしたことの重大さに気づいた私は、焦ったように残りの冷酒を飲み干した。

　朝起きた瞬間、猛烈な頭痛に襲われた。しかも気持ち悪くて仕方ない。けれど、二日酔いごときで会社を休むわけにはいかない。重い身体をなんとか起こし、熱いシャワーを浴びて気合いをいれた。

　今日一日、頑張ろう。お昼を過ぎればなんとかなる。そう自分に言い聞かせて支度を済ませると、いつものように出勤した。途中コンビニに寄って、スポーツドリンクとミネラルウォーターを買い込んだ。

「おはようございます」

　私よりも少し遅れて出社してきた美保が、今日も高いテンションで瞳を輝かせながら擦《す》り寄ってきた。

「……おは、よう」

「あれ？　ショーコさん顔色が悪いみたいですけど、二日酔いですか？」

「う、うん。そうみたい」

「昨日、ご機嫌でしたもんね。あんなショーコさん、初めて見ましたよ。トイレから帰ってきたら別人でしたよ」

　じつのところ、そう言われてもよく覚えていなかった。美保がトイレからなかなか戻って来なかったことは覚えているけれど、その先の記憶が飛んでいた。そして、なんでこんなに美保の帰りが遅かったのかというと、美保によれば、イケメン会社員に声をかけられて仲良くなっていたらしい。連絡先を交換したりしていて、時間がかかっていたのだ。

いつも以上にテンションの高い美保が少し恨めしかった。私は二日酔いなのにと睨《にら》んでみるものの、自業自得なので文句は言えない。

ため息をついたところで、新井君が爽やかな笑顔で出社してきた。

「おはようございます」

「あ、おはよう……」

語尾が小さくなったのは、昨夜の失態を思い出して恥ずかしくなったからだ。

「昨夜、帰れました？」

「うん」短く返事をしてうつむいた。

昨夜、私は気を遣って家まで送ると言ってくれた新井君の申し出を丁重に断って、千鳥足になりながら博多駅で彼と別れようとした。

けれど、自分が飲ませ過ぎたとしきりに反省していた新井君は、私の後をついてきてタクシーに乗るまで見届けてくれたのだ。

異動初日の後輩に業務外で迷惑をかけてしまった。しかも、所々記憶が曖昧になっている。自分に都合の悪い出来事を無意識に抹消《まっしょう》しているかもしれないけれど、それを新井君に確かめる勇気はなかった。

　パソコンの電源を入れてメールをチェックすると、新井君には簡単だけど時間がかかる倉庫整理の指示をした。なるべく顔を合わせず、昨夜の出来事を思い出さないようにしたかった。

　午前中は資料作りという名目で少し仕事をサボっていた。胃が気持ち悪くて、とても仕事に集中できる状態ではなかった。

「お昼、どうします？」

　美保に声をかけられて、「もうそんな時間？」と顔を上げた。

　お財布とハンカチを持ってランチに行く気満々の美保に「今日はうどん以外食べられない」と小声で告《つ》げると、美保は「うどんですか」と少し考え込むようなしぐさを見せた。

　近所に美味しいうどん屋はあるけれど、その店に行くと鰹節の独特の匂いが髪と服についてしまう。だから、女子力の高い美保はうどん屋には行きたがらない。

　どうしようかと話していると、デスクに戻って来た新井君が手を上げた。

「あ、俺、うどん屋行きたいです」

「じゃ、ショーコさん、行きましょうか」

「う、うん」

「早く行かないと満席になっちゃう」と言う美保に促《うなが》されて、私は席を立った。

エレベーターを待っている間も気持ち悪くて仕方がなかった。これも悪酔いするとわかっていたのに冷酒に手を出した自分が悪いのだ。

私の少し先を、美保と新井君が並んでうどん屋に向かって歩いていく。私はその後を追うように二人についていった。

前を歩く見知らぬサラリーマンに続いて暖簾をくぐると、空いていたテーブル席に三人で座った。

「うーん。何にしようかな」

美保は楽しそうにお品書きを眺めている。その横で新井君が「俺は天丼」と早速注文を決めたようだった。

「それ、いいね。私はカツ丼かな。ショーコさんは？」

「素うどん」

そう言った私に美保が不思議そうな顔をした。

「素うどんって、具なしってことですか？」

「悪い？」

「いえ、そういうわけじゃ……」

美保が口ごもっている間に、新井君が三人分の注文を済ませた。

私の目の前で新井君は天丼、美保はカツ丼を美味しそうに食べている。飲んだ翌日に、よくもそんなにこってりしたものが食べられるものだと感心してしまう。私も二十六歳ぐらいのときは、そうだったのだろうか。よく思い出せなかった。

いざ食べ始めると、意外にもうどんを完食できた。空きっ腹のせいで余計に具合が悪かったのかもしれない。幾分、体調が良くなったような気がした。

「ん〜、復活」

私がそう言うと、新井君が「それはよかったです」と微笑んだ。

「迷惑をかけたお詫びに、ここは私が払うから」

昨夜の失態の恥ずかしさもあって、伝票を持って先に席を立った。焼き鳥屋はワリカンだった。先輩の私が払うつもりでいたのに、新井君は頑としてそれを許さなかった。

「ご馳走様でした」新井君と美保が声を合わせる。

「たまにはね」

円滑な人間関係は仕事の肝だ。これから、新井君とも上手くやっていきたい。恋なんて二の次でいい。今の私には、仕事以外に何もないのだから。

その週末、事務所全体で新井君の歓迎会が開かれることになった。というか、もともと健太郎の送別会が先に決まっていて、合同で行うことになったのだ。

健太郎の結婚にショックを受けていたけれど、新井君の教育係を任されていたことで、その間、なんとか平静を保つことができた。新井君は頭の回転が速く、マニュアルと簡単な説明だけで、ある程度の仕事の流れは理解できたようだった。

私が何年もかけて築き上げたものを一週間で習得されると、落ち込んでしまいそうになるけれど、「ショーコさんの教え方が上手いんですよ」とお決まりの爽やかな笑顔で言われると、少し気分が良くなってしまうから不思議だ。

「ショーコさん。この見積もり、確認お願いしてもいいですか？」

「もうできたの？」

「はい。この前のBタイプと同じ考え方でいいんですよね？」

書類を手に取って、電卓を片手にチェックする。完璧で文句のつけようがない。

「うん、そうだけど……」

「これでOK。先方と納期の打ち合わせをして、工場にオーダー流して」

「わかりました」

書類を返す時に指先が触れて、思わず声が出そうになった。けれど、新井君は気にも留めず、書類を受け取ると取引先に電話をかけ始めた。

「いつもお世話になっております。IAコーポレーションの新井です。先日の見積もりの件ですが。ええ、はい」

要領よく話をまとめていく新井君をぼんやりと眺める。サラサラの黒い髪。カタチのいい唇。広い肩幅。心地好く響く少しだけ低い声。仕事ができるところも、なんだか似ている……。

そんなことを考えている自分に気づいてハッとする。無意識に新井君と健太郎を比べているなんてどうかしている。

新井君に見積もりを任せて、私はデータ入力に没頭した。そうすることで、何も考えないようにした。

歓送迎会は午後七時に会社近くの居酒屋で開かれることになっている。きっと、健太郎と顔を合わせるのはこれが最後になるだろう。結婚式後、健太郎は新婚旅行や引き継ぎで事務所にほとんど顔を出さなかった。私たちは、もう一カ月以上、挨拶すら交わしていない。

「ショーコさん、仕事終わりそうですか？」

午後六時過ぎ、美保が私のパソコンをのぞき込んできた。

「うん。あと少し」と、笑顔で答える。

美保はすでにメイク直しも終えていた。会社の飲み会でも美保は手を抜かない。丁寧に巻かれた髪にペールピンクのニットワンピは、色白の美保にとてもよく似合っている。

美保曰く、どこに出会いが転がっているかわからないからだとか。たしかにこの前の焼き鳥屋のことを考えれば、あながち間違いではない。

それにしても、少々気合いが入り過ぎているような気がする。美保は可愛くて社交的。オジサンの扱いも上手いので、会社の飲み会では重宝されているけれど、今日のお洒落は何か理由があるように思えてしまう。

もしかして、その理由は新井君なのだろうか？

そんなことを考えていると、「何か手伝いましょうか？」と美保が自分のデスクにバッグを置いて、私のほうに身体を乗り出してきた。

途端に香る上品なバラの香りに、女の私でもドキリとしてしまう。

「ううん。大丈夫。美保は先に行って、私の席を確保してくれる？」

「わかりました」

「あ、美保」

「はい？」

振り返る美保に私は「部長の横だけはやめてね」と、小声で付け加えた。

「じゃ、遅れないように来てくださいね。新井君はどうする？　ショーコさんと一緒？」

「だな」

「わかった」

手を振って事務所を出て行く美保を見送ると、中途半端に手をつけてしまった仕事に取りかかった。

事務所から一人また一人と出て行って、気がついたら新井君と二人きりだった。

「ショーコさん、まだかかります？」

「メール送ったら終わりだから、ちょっと待って」

もう一度内容を確認して、メールを送信する。

「終わり」

「じゃあ、行きましょうか」

うなずいてパソコンの電源を落とし、事務所を施錠してエレベーターに乗り込んだ。

「今日の日直って、誰だっけ？」

「瀬川《せがわ》さんです。後で事務所の鍵は渡しておきます」

「うん。お願い」

とりとめのない話をしながら、居酒屋に向かう。

「近くですか？」

「歩いて五分ぐらいかな」

「じゃあ間に合いますね」

信号待ちで足を止めると突風が吹いて、あまりの寒さに身震いした。秋から冬になるのはあっという間だった。この歓送迎会が終わったら、またすぐに忘年会の幹事を決めることになるだろう。

「急に寒くなったね」

「そうですね」

吐く息はまだ白くないけれど、朝お布団から出るのがだんだん苦痛になってきた。

「ショーコさん、冬と夏はどっちが好きですか？」

「うーん。そうだな……」

暑いのは苦手だから、どちらかと言えば冬のほうが好きだけど、寒くなるとどうしても健太郎と別れたあの日を思い出してしまう。

あの日は朝から雪が降っていた。久しぶりにデートの約束をしていたというのに、健太郎は外出を面倒くさそうにしていた。

「また今度にしよう」と渋る健太郎を説き伏せて、喫茶店で待ち合わせをした。

一度覚悟を決めてしまうと、いてもたってもいられなかった。今の状況をどうにか変えたかった。不安で疑心暗鬼になっていて、毎日会社で健太郎と顔を合わせても、ただ息苦しいばかりだったから。

健太郎の口から、「結婚しよう」という一言が聞きたかった。

「ショーコさん、こっちです」

お座敷に上がると、美保が手を振って私を呼んだ。歓送迎会の出席者は約四十人。事務所のほとんどの人間が出席することになっている。

「あれ、課長は？」

「少し遅れるそうです」

「あ、そう」

「新井君はショーコさんの隣じゃなくて、支店長の横だから」

迷いなく私の隣に座ろうとした新井君を、美保が制する。

「マジか……」

「頑張って」

美保を軽く睨むと、新井君は上座に向かっていった。

あんなに嫌そうな顔をしていたのに、支店長の隣に座るとすぐに笑い声が聞こえてきた。やはり新井君は上司の扱いが上手いようだ。彼も健太郎同様、瞬《また》く間に出世していくに違いない。

そんなことを考えていると、遅れてやってきた健太郎が視界の端に映った。主役の一人の彼も支店長の隣に座った。

それから間もなく、歓送迎会が始まった。

今夜だけは何があっても酔うわけにはいかない。何事もなく乗りきって、そして、健太郎のことは何もかも忘れる。顔さえ合わせなくなれば、きっとすぐに忘れられるはずだ。そう自分に言い聞かせて、課長の面白くもない冗談に付き合いながら、料理を平らげていった。

「えーっ？　中谷主任の奥さんって、花屋の店員さんなんですか？」

不意に聞こえてきた楽しそうな声に、思わず手を止めて健太郎を見た。

「もしかして、奥さん目当てで花屋に通い詰めたんですか？」

みんなの視線は何事かと、健太郎がいるテーブルに集中している。健太郎もそれを感じているのか、照れ臭そうに目を伏せていた。

「そういうわけじゃないよ」

「またまた。奥さん美人ですもんね。やっぱり一目惚れですか？」

「一目惚れって……」

困ったようにビアグラスを口に運ぶ健太郎に、アシスタントの女性は執拗《しつよう》に食い下がっている。

健太郎が頻繁《ひんぱん》に花屋に通っていたのは、実家のお母さんに花を贈るためだ。身体が弱いお母さんを気遣って、健太郎はことあるごとに花を贈り続けていた。

そんな優しい健太郎が私は大好きだった――。

意識を別のところに向けようとしたその時、ふとある疑問がわき上がった。健太郎は私と別れてから奥さんと知り合ったと思っていたけれど、本当はそうじゃなかったのだ。もしかすると、私と付き合っていたときから奥さんに気持ちが動いていたのかもしれない。

私に触れてくれなくなったのも、すでに奥さんと付き合っていたからなのだろうか。

当時の健太郎の心の中に、別の人がいたと考えもしなかった私は、まだ癒えていない傷を再び抉《えぐ》られたような気持ちになっていた。

「プロポーズの言葉は何ですか？」

アシスタントの女性がそのセリフを発した瞬間、私は「もうやめて」と叫びたい気持ちを飲み込んで勢いよく立ち上がると、座敷を飛び出した。

おぼつかない足取りで通路を歩き、お手洗いに向かった。誰もいない洗面所に手をついて鏡を見ると、そこには青ざめて小刻みに震えている惨《みじ》めな自分が映っていた。

もう終わったことだと何度も自分に言い聞かせてきた。過程がどうであれ、結果は変わらない。健太郎は私ではなく彼女を選んだ。ただそれだけのことなのだ。

落ち着くために手を洗って、大きく息を吐いた。いつまでも、ここに隠れているわけにもいかない。

木製の重厚なドアを押して外に出る。変なタイミングで抜けてきたなと、今頃になって心配になってしまう。美保に何か聞かれたら、飲み過ぎて気分が悪くなったと言うつもりでいたけれど、勘繰《かんぐ》られるような気がして少し怖かった。

うつむきながら歩いていると、「ショーコさん」と前方から声がした。

顔を上げるまでもなく、誰だかわかって肩をビクつかせた。目に映る革靴からゆっくり視線を上げていく。

「……健太郎」

目が合うと、勝手に唇がその名前を呼んでいた。

「顔色が悪いけど、大丈夫?」

「……大丈夫よ」

言葉を発した瞬間、唇が震えた。動揺していると思われたくなくて唇を噛む。

健太郎は私を見つめたまま微笑んだ。その笑顔に心が悲鳴を上げる。

やはり私は、別れたあの日から少しも変われていない。気持ちがあの日のあの場所に縫《ぬ》い付けられたまま、鮮明に健太郎のセリフが脳内で繰り返される。

「ごめん。やっぱりショーコさんとは結婚できない」

それは、もう奥さんに気持ちが傾いていたから?

だったら、どうしてそう言ってくれなかったの?

私は不安と期待を抱えたまま、健太郎からのプロポーズをずっと待ち続けていたのに……。

無言で見つめていると、健太郎が口を開いた。

「この前は結婚式、来てくれてありがとう」

「……うん」

「来てくれないと思っていたから嬉しかった」

行くつもりはなかった。風邪を引いたとか、適当な理由をつけて欠席しようかと、式の始まる直前まで迷っていた。

私があの日、どんな気持ちで愛を誓う二人を見ていたか、健太郎にはわからないだろう。健太郎にはとっくに愛する人がいたというのに、私は別れてからもいつか戻って来てくれるのではないかと、かすかな望みを捨てきれずに過ごしてきたのだ。

「ショーコさん、俺は……」

「何？」

「勝手だけど、ショーコさんには幸せになってほしいと心から思ってる」

「やめてよ」そんな言葉は聞きたくない。

「今度は名古屋だっけ。栄転？」

健太郎は営業一課に転属になってすぐに、持ち前の応用力で瞬く間に主任へと昇進した。今回の転勤も、昇進によるものなのだろう。

「まぁ……そうなるのかな」

言いにくそうに答えた健太郎に、私は「向こうでも頑張ってね」と笑顔を貼り付けて言うと、その場から立ち去った。

最後なのだから恨み言の一つでも言えたらいいのに、私はここでも物わかりのいい大人の女を演じてしまう。

いつもそうだった。健太郎の前では、私は大人の女の仮面をかぶってしまう。好きだった。嫌われたくなかった。誰よりも愛されたかった。終わってしまった今でも、その想いは消えてくれない。

「二次会に行く人はこっち。場所わかる？　じゃ、四人ずつタクシーに乗って」

居酒屋の外で、二次会の出欠を取っている幹事の横を気づかれないようにすり抜けた。美保に目配せすると、彼女は「わかりました」というように小さくうなずいた。

お座敷に戻った後、美保には具合が悪くなったと伝えていた。酒癖の悪い部長に捕まると、二次会に強制連行されてしまう。その相手を美保に任せるのは申し訳ないけれど、今日だけは私のワガママを許してほしかった。

美保が部長に話しかけて気を逸らしてくれている。その隙にみんなの輪から離れると、駅に向かって歩きだした。

最初の角を早歩きで曲がる。ここまで来れば大丈夫だろう。やっと一人になれたと、ホッと安堵の息を漏らしたときだった。

「ショーコさん」

名前を呼ばれたと同時に腕を掴まれた。振り向くと、走ってきたのか新井君が息を切らして立っていた。

「帰るなら送っていきます」

新井君はそう言うと、私の腕を掴んだまま微笑んだ。

けれど、今の私にはその微笑みさえ白々しく感じてしまう。

「一人で帰れるから」

「鈴木からショーコさんを送るように頼まれたんですよ」

「美保に？」

「……嘘ですけど」

「何、それ？」力なく笑って、新井君の腕を振り払った。

「ショーコさん」

「何？」歩きながら振り向きもせず答える。

「待ってください」

「待たない」

新井君は私の隣に並び、同じ歩幅でついてくる。たしか新井君のマンションは会社の近くだったはずだ。

「何か用？」

このまま無視して駅まで行こうかと思ったけれど、ずっと横に並んでついてくる新井君に、自分から口を開いてしまった。

「ショーコさんのことが気になって……」

「は？」

「ずっと、泣きそうな顔をしているから」

その言葉に、足を止めて新井君を見た。もしかして、健太郎のことを気づかれたのだろうか。

そんなはずはないと思う反面、居酒屋であの会話を聞かれていたとしたら、勘のいい新井君のことだ。すべてを察してしまったのかもしれない。

「もしかして、あの会話を聞いてたの？」

「すみません」

やっぱりそうなんだとため息をつく。追いかけてきたのは、年下の男にフラれた可哀想な先輩に同情したからということなのだろう。今まで誰にも言えずに隠していた失恋を後輩の新井君に知られてしまったことがショックだった。

「泣いてもいいですよ」

「いやよ」

泣きたくない。泣いたって何も変わらない。今以上に惨めになるだけだ。

「一人にして」

「ショーコさん」

私の名前を呼ぶ新井君の声が切なく胸に響いた。そのせいか、逃げようと思えば逃げられたのに、また新井君の腕に掴まってしまった。引き寄せられると、その腕の力強さにどこかホッとしている自分がいた。

「無理しなくていいです」

「無理なんてしてない」

「俺に甘えてください」

「……誰かに見られたら困るから」

「だったら、二人きりになれるところに行きましょう」

流されるというのはこういうことなのだと、この歳になってようやくわかった。新井君と二人でタクシーに乗って連れて来られたのは、いわゆるそれ系のホテルだった。彼は土地勘がないはずなのに、こんな場所だけは知っているのだと思うと、意地悪を言いたくなった。

「よく来るの？」

「それより、コート脱がないんですか？」

「え？」

突っ立ったままの私を新井君は可笑しそうに見ている。

無言のまま、コートを脱いでハンガーに掛けると、新井君は備え付けの冷蔵庫から缶ビールを取り出し、私に差し出した。

「はい、ビール」

「……ありがと」

新井君は二人掛けのソファに腰を下ろすと、缶ビールを豪快に喉に流し込んでいく。

「座らないんですか？」

新井君がソファを叩きながら、私を見上げる。

「少し酔わないと、酒のせいにはできませんよ？」

それはつまり、何が起こってもなかったことにするという意味だ。

突き放すようなセリフにショックを受けるなんて、私はいったい新井君に何を期待していたのだろう。こんなところまでついてきて、何もないと思うほどおめでたい女じゃない。本当に嫌ならホテルに入る前に拒めたはずだ。それをしなかったということは、私も心のどこかでそれを望んでいたのだろう。

いつの間にか目の前に立っていた新井君が私の手から缶ビールを抜き取って、プルトップを開けた。

「飲んでください」

有無を言わせない声だった。それを受け取ると、言われるまま喉を鳴らして飲み干していく。喉に焼けつくような痛みが走る。それでも構わずビールを飲み続けた。

「別に一気飲みしろとは言ってないですよ」

「あ……」

新井君は私の手から飲みかけの缶ビールを強引に取り上げると、それをテーブルの上に置いた。

「ほとんど飲んでるし」

「だって……」

新井君が今度は手を引いて私をソファに座らせる。一気に縮まった距離に、心臓が大きく跳ねた。私は何をしているのだろう。いい歳して、会社の後輩に少し優しくされたぐらいでホテルにまでついてくるなんて。

「ショーコさん」

新井君の手が私の肩を抱いた。密着した身体に緊張で呼吸が止まりそうになる。いまさらだけど、少しビールを飲んだぐらいでは迷いを完全に拭《ぬぐ》い去ることはできそうにない。

「ちょっとだけ待って」

「待てない」

焦った私は新井君から逃げようとその胸を押した。けれど、逆に手首を掴まれて動きを封じられてしまった。

「新井君っ……」

やっぱりダメだ。一度きりだとしても、こんなカタチで後輩に甘えることはできない。顔を上げると、新井君の顔が思ったよりも近くにあって、さらに心拍数が上がり苦しくなる。

拒むなら今しかない。そう思った瞬間、私の唇に柔らかなものが触れた。それが新井君の唇だとわかった時にはもう遅かった。

〝やめて〟という言葉は、新井君の唇に塞がれて吐き出すことができない。片手で後頭部を押さえられて逃げることもできなかった。きつく抱しめられると、服の上からでも新井君の体温が伝わってきて、嫌だと思うのに必要とされているような気がして拒めなくなった。

健太郎と言葉を交わしたからだろうか。こんなに簡単に乱されるなんて、今夜の私はどこかおかしい。

「ショーコさん、目を閉じて」

その言葉に反応して新井君を見つめると、色気を帯びた黒い瞳と熱い吐息に支配されてしまいそうになる。きっと私は、後悔するだろう。そう思いながら、言われるがまま瞳を閉じた。

唇から新井君の熱が伝わってくる。吐息が交じり、キスの合間に漏れる艶《なまめ》かしい声がどちらのものかわからなくなった、私は強い力で抱きしめてほしくて、思わず彼の首に腕を回してしがみついていた。

長いキスが終わる頃には、身体から完全に力が抜けていた。まるで夢の中での出来事のように思えて、私はただ呆然と新井君を見つめることしかできない。

やがて甘い雰囲気を身にまとった新井君が私の頬を撫でながら、「ベッドに行きましょうか?」と誘ってきた。

その言葉でこれから起こり得る新井君と私の濃厚な時間が頭に過《よ》ぎった。途端に痺《しび》れた身体から熱が引いていくのがわかった。

私は今まで恋人以外の人とこんな場所に来たことも、肌を合わせたこともない。そんな私が成り行きで会社の後輩と寝てしまっても、一夜限りの過《あやま》ちと割り切ることができるだろうか。

もちろん、そうなったとしても新井君を責めるつもりはない。ただ、それ以前に自分自身を許せる気がしなかった。

「新井君、私やっぱり……」

「帰りたいとでも言うんですか?」

「本当にごめんなさい」

今なら月曜日に会社で顔を合わせても、意識せずに接することができるはずだ。もう二度と会社の後輩と面倒な関係になりたくない。

すると、新井君は顔を寄せて、私の瞳をのぞき込んできた。その表情が怒っているようにも見えて、私は少し怖くなった。

「キャッ」と悲鳴を上げたのは、ソファから立ち上がった新井君が軽々と私を抱き上げたからだ。

「下ろして」

新井君のたくましい腕に抱えられて、動揺した私は子供のように手足をバタつかせて暴れた。

「大人しくしてないと落としますよ」

「やめて、落とさないで」

新井君が冗談とも本気とも取れる調子で身体を揺らすから、私は驚いて彼の首にしがみついていた。

抱きついた私を見て新井君は目を細めると、穏やかな声で囁く。

「ショーコさんが嫌がることはしません。だから俺を信じて」

「信じるって……」

それは、どういうことなのだろう。

新井君は大股でベッドサイドまで行くと、言葉に詰まった私を、そっとベッドの上に下ろした。

「怖い？」と言って見下ろされると、どう答えていいのかわからなくなる。怖くないと言えば嘘になるけれど、新井君を突き飛ばして逃げるほどの恐怖心はなかった。

横たわったまま新井君を見上げていると、「どうして？」と自然と唇が動いていた。

最初は同情から私を抱いて慰めようとしているのかと思ったけれど、それだけではないように思えてきたのだ。そうだとしたら、他にどんな理由があるのだろう。

新井君の本心が知りたいのに、その表情からは何も読み取れない。涼しげな表情には、キスをした時のような熱は感じられなくて、急に寂しさが押し寄せてくる。

やはり新井君からすれば、六歳も年上の女は恋愛の対象外なのだろう。わかっていることなのに、傷ついている自分に嫌気がさした。

「そんなに見つめて、どうしたんですか？」

「別に何でもない」

心の中を見透かされたような気がして、慌てて新井君から目を逸らした。こうやってベッドの上で大人しく横たわっている私はなんて滑稽《こっけい》なのだろう。これでは、まるで新井君が次の行動に移るのを待っているようだ。

新井君が私の両脇に手をつくとベッドが軋《きし》んだ音を立てた。

「すぐ済むから、じっとしててください」

そう言われると途端に身体が強張り、「何をするの？」と無意識に新井君の胸を押し返していた。自分でもおかしなことを言っていると思う。男女がホテルのベッドの上ですることといえば一つしかないのだ。

ベッドに運ばれてまで拒むつもりはないけれど、機械的に抱かれるのには抵抗があった。せめて、何か納得できる言葉が欲しかった。

新井君の顔が近づいてきた。切れ長の黒い瞳は笑っていないと冷たい印象を与える。その瞳が間近で伏せられて、私はキスされると思って瞳を閉じた。けれど、彼の唇が私に触れることはなく、代わりに私のセーターを掴むと、キャミソールごと胸の位置までたくし上げた。

「新井君？」

たくし上げられたセーターとキャミソールは、私の胸の上で不格好なかたまりになっている。それを見た新井君は「やっぱり無理か。ショーコさん、服を脱いで」と、私の腕を引いて身体を起こした。

「えっ？」

「もう一度言うけど、ショーコさんが嫌がることは絶対にしない。だから、万歳するみたいに手を上げて」

「手を上げる？」

「そう」

子供を諭すような言い方に、半信半疑で手を上げる。すると、新井君は器用に私が着ているセーターとキャミソールを首から引き抜いて脱がしてしまった。

肌が露《あら》わになると、途端に恥ずかしさが込み上げる。

「そ、そんなに見ないで」

身体の前で腕を抱えて、少しでも露出した肌を隠そうとしたけれど、新井君は私に微笑みかけると、急に真顔になって私をベッドに押し倒した。

声を出す間もなく新井君が私に覆いかぶさってきた。馬乗りになられると、もう身動きが取れなかった。見上げた先の新井君の瞳に熱が戻って、私はホッとしたように瞳を閉じた。

けれど、数秒待っても私の唇にキスは落ちてこなかった。新井君の唇は、私の首筋を掠《かす》めて胸へと移動していった。彼の髪がくすぐったい。そう思った瞬間、胸に焼きつくような痛みが走った。

「新井君……」

「動かないで」

強く肌を吸われて身体がビクッと跳ねた。何度も繰り返されるその行為に混乱する。

「も、もうやめて」

「ん、あと一つ」

唇を肌につけたままつぶやくと、ひときわ強く肌を吸われた。

「はい。おしまい」

そう言うと、新井君はあっさりと私から離れていった。

「おしまい?」

拍子抜けして、最後につけられたキスマークを指先で触れる。行為の最中に弾みでつくことはあっても、こんなに何箇所も、意図的に付けるなんて意味がわからなかった。

そして、さらに私を混乱させたのは、新井君のその態度だ。

「服を着てください」

新井君は、自分が脱がせたセーターとキャミソールを私に手渡すと、「俺も男なんで、その格好はマジでヤバイんですよ。だから早く着てください」と言って、ベッドに浅く腰掛けて背中を向けた。

呆気《あっけ》にとられたまま、私はキャミソールとセーターを頭からかぶって腕を通した。これはいったいどういうことなのだろう。

「もういいですか？」

「……うん」

「じゃあ、行きましょうか」

そう言うと、新井君は立ち上がり、ハンガーに掛けたコートを取って渡すと、部屋を出て行こうとした。

「えっ⁉」

私は慌てて新井君の背中を追いかけた。

ホテルを出たところで、正気を取り戻した私はバッグからお財布を取り出した。

「新井君、お金」

「いりません」

「せめて半分だけでも、もらってくれないと困る」

必死に食い下がると、新井君は「そこまで言うなら」と、少しイラ立った表情を見せた。そして、不意に私の腰を抱きかかえ再び唇を塞いだ。

新井君の考えていることがわからなくて、私はただ混乱していた。キスマークをつけることに、どんな意味があるのか想像もできないし、再び落とされたキスは恋人にするような優しくて情熱的なものだった。

こんなに激しいキスはいつ以来だろう。健太郎に愛された記憶は色褪《あ》せて、今では別れの痛みしか思い出せなくなっていた。

長いキスから解放されると、後退《あとずさ》りして新井君と距離をとった。

「送っていきます」

「いい……」

私はうつむいたまま、首を横に振った。そして、新井君に背中を向けて先に歩きだす。

「ショーコさん、待ってください」

今夜の出来事は完全にキャパオーバーで、これ以上何も考えたくなかった。新井君の足音が私を追いかけてくるけれど、無視して歩き続けた。

ヒールを鳴らしながら早足で歩く私の後を、新井君が「ショーコさん」と名前を呼びながらついてくる様子は道行く人の興味をそそるのだろう。ＯＬ風の女性たちの視線を幾度となく感じ、耐えられなくなった私は足を止めて振り返った。

「いい加減にしてよ」

「心配なので部屋の前まで送らせてください」

「子供じゃないの。一人で帰れる」

だけど、新井君は私の手首を掴んで、「タクシーはどこで捕まえられますか？」と大通りに向かって歩きだした。

「……わかったから、もう少しゆっくり歩いて」

私が懇願《こんがん》すると新井君は我に返ったのか、申し訳なさそうに「すみません」とつぶやいて、歩くペースを落とした。

タクシーに乗るまで手首は掴まれたままだった。シートにもたれかかり、お互い車窓に目を向けて黙り込む。

私は流れる景色を眺めながら、健太郎との最後の会話を思い出していた。

幸せになってほしいと心から思ってる——。

そう言えるのは、私と過ごした時間が完全に過去のものになっているということだ。きっと、すべてがいい思い出に塗り替えられていて、健太郎は私を深く傷つけたことも覚えていないのだろう。

やがてタクシーは私が告げた住所にたどり着いた。

「ここで停めてください」

新井君も一緒に降りてくるのではないかと警戒したけれど、それはただの杞憂《きゆう》だった。驚くほどあっさりと新井君は「おやすみなさい」と言って、タクシーの中から私に手を振ったのだ。拍子抜けした私は新井君を見つめたまま黙り込んでしまった。

「ショーコさん？」

何も言わない私を不思議に思ったのか、新井君が私の名前を呼んだ。その声にハッとして、私は笑顔を作ると手を振った。

「おやすみ。気をつけて帰ってね」

「じゃあ、月曜日に会社で。お疲れ様でした」

そう言うと新井君は後輩の顔をして軽く頭を下げた。私は新井君を乗せたタクシーを見送りながら、「月曜日に会社で、か……」とつぶやいた。

健太郎とは、もう二度と会うことはないだろう。けれど、新井君とはこれから毎日会社で顔を合わせるのだ。一線を越えなくてよかったと心から思う。新井君が私に対して恋愛感情を抱いてなくても、私自身が平常心を保っていられる自信がなかった。

一人暮らしの部屋に戻ってコートを脱ぐと疲れが一気に押し寄せてきて、ベッドに倒れ込んで大きく伸びをした。今夜は何も考えずに熱いお風呂に入ってすぐに寝てしまいたい。

ベッドから起き上がると着替えを済ませ、お風呂の準備をした。ある程度お湯が溜《た》まったところで、脱衣所で服を脱ぐ。けれど、私はキャミソールを脱いだところで手を止めた。洗面所の鏡に、新井君が私の胸元につけたキスマークがまるで花びらのように映っていた。

最後に強く吸われたところを指先で触れる。ホテルでのことを思い出すと、全身が火照ったように熱くなる。あの状況だったら、キス以上のことがあってもおかしくなかったのに、新井君はそれ以上のことはしなかった。

休みの間にキスマークは消えるだろうか。会社では制服に着替えるわけではないから、誰かに見られる心配はないけれど、着替えやお風呂に入るたびに新井君とのキスを思い出してしまいそうだった。

でも、わからない。新井君はどうしてこんなことをしたのだろう。

第二章　待ち合わせ

休み明けの月曜日。いつもの時間に出社すると、パソコンの電源を入れて頭を抱えてうなだれた。睡眠不足で身体が重い。気分も優れなくて食欲も出ない。

新井君と顔を合わせると思うと、昨夜は緊張してあまり眠れなかった。目の下のクマは、コンシーラーで隠せたと思うけれど、化粧のノリは最悪だ。

少しでもテンションを上げようと、コンビニで買った野菜ジュースにストローをさして思いきり吸い込んだ。

「う……」

朝食代わりの野菜ジュースが胃にしみる。

金曜日のことは、寝て忘れるつもりだった。それなのに、キスマークを見るたびにホテルでのことを思い出してしまって、週末の私は健太郎よりも新井君のことばかり考えていた。我ながら意識し過ぎだと思う。きっと新井君にとっては、取るに足らない出来事だったはずなのに……。

「おはようございます」

「わっ」

驚いて椅子から落ちそうになった私を見て、美保は可笑しそうに笑った。

「どうしたんですか？」

「べ、別に、何でもないよ。おはよう」

椅子に座りなおしながら、パソコンの画面に目を向ける。自分の世界に入り込んでいて、背後に人がいたことに気づかなかった。

気持ちを落ち着けようと、小さく息を吸い込んでゆっくりと吐き出した。それを数回繰り返すだけでずいぶんと楽になった気がした。

仕事の準備を始めるためにメールボックスを開いた時だった。

「あ、そう言えばショーコさん、金曜日は真っすぐ家に帰りました？」

「えっ？」

驚きのあまり変な声が出てしまった。動揺して美保のほうを振り向けない。もしかして、新井君と一緒にタクシーに乗り込むところを見られていたのだろうか。

いや、そんなはずはない。美保は居酒屋の前からタクシーに乗って二次会に向かったはずだ。私たちを見ているわけがない。

「ショーコさん、聞いてます?」

「う、うん」

「あの時、新井君がショーコさんのことを追いかけていったんですけど、会いませんでした?」

たぶん、美保はカマをかけているわけじゃない。単純に金曜日に真っすぐ帰ったか気になっているだけだろう。会ってないと言えばいい。それなのに、即答できないのは後ろめたい気持ちがあるからだ。

「会ってないよ」

少しの間の後、私の代わりに答えたのは、出社してきたばかりの新井君だった。

「あっ、おはよう。そうなの?」

「走ったけど、ショーコさんに追いつけなかった」

そう言うと新井君は〝そうですよね?〟と、念を押すように私を見た。

私も言い訳をするように「通りに出てすぐにタクシーに乗ったから」と言うと、美保は「なんだぁ」と残念そうにため息をつく。

「じゃ、二次会に来ればよかったのに。場所がわからなかった?」

「面倒くさくなって」

「楽しかったのに」

「次は行くよ」

美保を軽くあしらって、新井君は自分のデスクについた。

やはり、新井君の中では何もなかったことになっているのだ。だったら、私が意識するのは可笑しな話だ。私も金曜日の出来事は一日も早く忘れてなかったことにしてしまおう。そして、新井君と二人きりになるようなマネは二度としない。そう心に固く誓った。

仕事を開始すると月曜日ということもあり、朝から引っきりなく電話がかかってきて、お陰で余計なことを考えずに済んだ。

「ショーコさん、確認お願いします」

「どれ？」

パソコンの画面を見つめたまま手を伸ばす。

「わっ」

新井君の指先が書類を渡す時に私の手に触れて、驚いた私は反射的にそれを叩いてしまった。目の前でバラバラと書類が床に散らばった。

「すみません」

「ううん、私こそ」

お互いが屈《かが》んで書類を拾おうとするから、低い位置で身体が密着する。

「ショーコさん」新井君が身体を寄せてきて耳元で囁く。

「何？」

ドキッとしながら、視線は手元の書類に向けていた。みんなの前で内緒話をしているようで、潜めた声が震えてしまう。

「アレ、もう消えました？」

「な……」

〝アレ〟とはキスマークのことだろう。思いがけない新井君の言葉に、書類を拾い集めていた手が止まる。

どうしてこのタイミングでそんなことを言うのだろう。ムッとしたのと、新井君のキスを思い出したことで頬が熱くなった。

「仕事中でしょ」

睨むと、新井君は意地悪く唇の端をつり上げて笑った。

「朝から俺のこと、意識してますよね？」

「してない」新井君の挑発的な言い方に私の語尾が荒くなる。

「書類、確認して後で渡すから」

「ショーコさん」

「悪いけど、急ぎじゃないなら後にしてくれる」

ピシャリと遮ると、新井君は黙って自分のデスクに戻っていった。

渡された書類を乱暴にデスクに置くと、私は自分の仕事に戻った。

いったい、何なのだろう。ふざけるのもいい加減にしてほしい。仕事中に、しかもみんながいる事務所でからかってくるなんて冗談じゃない。だから、社内で男女間の揉め事は避けたかったのだ。考えれば考えるほど、イラ立ってくる。

パソコンのキーボードを叩く音が乱暴だったのか、美保が「何か怒ってます？」と聞いてきた。

「別に。怒ってない」

〝怒ってない〟と言いながら、とげとげしい言い方になってしまい、後悔したけれど遅かった。

「新井君、ショーコさんに何したの？」

「え？」

その言葉に驚いて美保を見る。

どうして私がカリカリしている原因が新井君にあると思ったのだろう。天然なのか鋭いのかわからないけれど、美保には時々ドキッとさせられる。

すかさず私は、新井君に視線を送って余計なことは言わないように釘をさした。人の扱いは上手いんだから、美保をごまかすぐらい彼にとっては簡単なはずだ。

新井君は一瞬だけ私を見て、それから目を伏せた。

「俺の仕事覚えが悪いから」

「本当に、それだけ？」

美保は納得できないのか、さらに新井君を問い詰める。

「他に何があるんだよ？」

ムッとした新井君の声に、今度は美保が黙り込んだ。途端に、課の雰囲気が悪くなる。

課長は会議、他の営業は外出中で、今、営業三課は私たち三人だけなのだ。

これは間違いなく私の態度が原因だ。新井君にからかわれても、もっと大人な対応ができたはずだ。気持ちに余裕がないと、どうしても他人への気遣いが疎《おろそ》かになってしまう。

重くなった空気を変えるように、私は「ね、喉、渇かない？　お茶淹《い》れてくるから少し休憩しよう」と明るく声をかけて席を立った。

すると気を遣ったのか、「お茶なら私が」と美保も席を立つ。

それを笑顔で制して、給湯室に向かった。

棚からマグカップとインスタントコーヒーを取り出す。新井君のマグカップはどれだろう。左端のダークグリーンのマグカップは支店長で、その隣は営業一課の誰かのだったはず。で、その横のマグカップは……。

　バラバラに並んだマグカップのなかから消去法で探していると、背後から腕が伸びてきた。

「俺のはコレです」

「キャッ！」

　給湯室に一人きりだと思っていた私は新井君の声に驚いて、もう少しで手に持っていたマグカップを落とすところだった。

「びっくりするじゃない」

「すみません」

　シュンとした声に振り返ると、新井君が手にしていたマグカップに目が留まった。それは、新井君が使うには可愛い過ぎる、くまのキャラクターがプリントされたものだった。

　たしかコンビニでシールを集めると、漏れなくもらえる商品だったはず。新井君がシールをコツコツ集めていたとは意外だなと思いながら、そのマグカップを無言で受け取った。

「経理の山田《やまだ》さんに、使ってないからってもらったんです」

　私の考えていることがわかったのか、新井君が言い訳するように言葉を添えた。

　私は「そうなんだ」と短く答えた。

「やっぱり、俺が使うの変ですか？」

「そんなことないよ。ただ、少し意外だったけど」

「笑ったでしょ？」

「ちょっとね」

そう答えると、お互い自然に口元が緩んでいた。

さっきまでの気まずさは少し解消されたけれど、やっぱり二人きりになると何を話していいのかわからない。新井君も同じなのか、マグカップを渡してもう用事はないはずなのに、無言で私の隣に突っ立ったままだ。

「新井君もコーヒーでいい？」

「はい」

「ブラック？」

「はい」

新井君はデスクに戻らない。二人で席を外したままだと、また美保に勘繰られるんじゃないかと心配になった。

「淹れたら持っていくから」

できるだけ柔らかい口調で、新井君にデスクに戻るように促した。

「ショーコさん」

「ん？」

手元のトレイから顔を上げて新井くんを見た。その黒い瞳を見ると、鼓動《こどう》が速くなるのを感じた。悔しいけれど、新井君が言うように、私は彼を意識していると思う。でも、それは金曜日のことがあったからで、少し時間が経てば気にならなくなるだろう。

だから、新井君もあの出来事は忘れて、私をからかうようなマネは二度としないでほしい。

「アレ、全部消えました？」

「……っ」

再びその話題を持ち出され、もう少しで自分の手にお湯をかけるところだった。

新井君につけられたキスマークはほとんどが消えたけれど、最後につけられたキスマークだけは、まだ私の肌に赤く残っていた。

「……仕事中にそんな話はやめて」

感情を表に出さないように努《つと》めて冷静に伝えたつもりだった。それが隙を与えてしまったのか、新井君は食い下がってくる。

「いつだったら話せますか？」

「いい加減にしないと本気で怒るよ」

お湯を注ぎながら新井君を一瞥《いちべつ》すると、トレイにマグカップを載せて新井君の横をすり抜けようとした。

けれど、新井君に腕を掴まれ、拒まれた。バランスを崩しそうになった私は、無言で新井君を睨みつけた。

「待ってください。俺がショーコさんに、キスマークをつけたわけを知りたくないですか?」

「それは……」

理由があるなら知りたいと思う。それにこんな風に絡まれるぐらいなら、一度ちゃんと話をしたほうがいいのかもしれない。

そう思い渋々うなずいた私に、「今日、仕事が終わったら、俺の部屋に来てください」と早口で告げると、呼び止める間も与えずに新井君は給湯室を出て行った。

新井君の住所を知らない私が彼の部屋に行けるはずがない。それに、二人きりになるような場所に行くのはもう嫌だ。あんなことは二度と起こらないと思うけれど、誤解を招くような行動は避けたかった。

ちょっと温《ぬる》くなったコーヒーを持ってフロアに戻る。そこには、先に戻ったはずの新井君の姿がなかった。

「美保、新井君は?」

「倉庫に古い伝票を探しに行きましたよ」

「そっか。せっかくコーヒー淹れたのに」

そんなわざとらしいセリフをつぶやきながらコーヒーを置くと、自分のデスクについて仕事を再開した。

しばらくすると、新井君が両手に伝票の束を抱えて戻って来た。目が合いそうになって、慌てて逸らす。

キスマークに理由があると思っていなかった私は、給湯室での会話を思い出してつい考え込んでしまった。ふざけてつけたわけじゃないのなら、いったいどんな意味があるのだろう。

「ぼんやりして、どうしたんですか？」

「あ、何でもない」

手が止まっていたことを美保に指摘されて、気を引き締め直す。しばらく仕事に没頭していると、会議室から課長が出てきて新井君に声をかけた。

課長は自分の営業先の一部を新井君に担当させるつもりなのだろう。ホワイトボードに長野物産《ながのぶっさん》と記して、新井君と一緒に出掛けていった。

新井君が担当を持って営業に出るようになれば、事務所で顔を会わせる時間も少なくなる。私にとっては好都合だ。

「新井君、営業に出るんですね」

「そうみたいね」

「何かショーコさん、素っ気ないですね」

「え?」

「本当は新井君と何かあったんじゃないですか?」

「何もないよ。美保の考え過ぎだって」

内心ドキッとしながら、仕事に戻るように笑顔で促す。

午後六時を過ぎても、新井君はまだ事務所に戻って来なかった。今日するべき仕事は終えてしまい、新井君を待つ間、新たな仕事に着手することも考えたけれど、そういう気分ではなかった。

さてと、どうしよう。どうせなら、どこかで軽く飲みながら話がしたい。内容が内容なだけに、素面《しらふ》で聞くのはちょっと抵抗があった。

私はポケットからスマホを取り出すと、用件だけの短いメールを打った。〝美保と三人で行った焼き鳥屋で待っている〟と送信すると、すぐに返事が届いた。

「できるだけ早く行きます」

返信、早過ぎでしょ……。その文字を見つめながら、なぜか笑みがこぼれてきた。

焼き鳥屋までは会社から十分もかからない。炭火焼の芳《こう》ばしい匂いと威勢のいい店員の声に迎えられながら、「後から一人来ます」と告げて、店内に足を進めた。

案内されたカウンター席で、ぼんやりと周りを眺める。仕事帰りのサラリーマンのグループが大半の中、女性の一人客は私だけのようだった。

メニューを広げていると、「お決まりですか？」と店員に声をかけられた。新井君の到着が何時になるかわからないので、とりあえず生ビールと枝豆を注文した。

届いた生ビールをチビチビ飲みながら新井君を待つ。スマホでニュースを読んだりして時間を潰していたけれど、関心を引かれるような話題も少なく、すぐに何もすることがなくなってしまった。

残り少ないビールを眺めながら、次のオーダーをどうしようかと考える。空きっ腹にビールばかり飲んでいると、すぐに酔っ払ってしまう。かと言って、いまさらソフトドリンクを頼む気にもならない。メニューを見ながら迷っていると、「遅くなってすみません」と背後から新井君の声がした。

「もう来ないかと思った」

待たされた時間はせいぜい三十分ぐらいなのに、つい意地悪な言い方をしてしまったのは一人の時間が辛かったせいだ。

「出掛けに課長に捕まったんです」

私の隣に腰を下ろしながら新井君が答える。急いで来たのか息が荒い。新井君はネクタイを緩めると、おしぼりで手を拭《ふ》いた。

「とりあえずビールでいい？」

「はい」

「生ビール二つね」

通りかかった店員に飲み物のオーダーを済ませて新井君の前にメニューを広げた。

「好きなものを頼んで」

「ショーコさんは何にします？」

「うーん。そうだな……」

正直あまり食欲はない。新井君の口からどんな言葉が出てくるのか想像できなくて少し緊張していた。

「適当に頼んでもいいですか？」

「どうぞ」新井君の横顔をチラリと見るとうなずいた。

料理の注文を済ませ、生ビールが運ばれて来ると乾杯をした。ジョッキを合わせながら、テーブル席ではなくてカウンター席でよかったと思う。隣だと距離は近くても、顔を見て話さなくて済むからだ。新井君の心の奥を見透かすような瞳で見つめられるのは苦手だった。

「長野物産を課長から引き継いだの？」

「はい。突然言い渡されてびっくりしました」

「課長はいつもそうだから」

「マジですか?」

「課長って自己完結型というか、気分屋のところがあって」

「はぁ」とため息をついて、新井君は枝豆を手に取った。

「大丈夫。すぐ慣れるから」

「そういうものなんですか」

「そうだよ」

ジョッキを傾けながら、ポツリポツリと言葉を交《か》わす。この場面だけ切り取れば、純粋に会社の先輩と後輩の会話に聞こえるだろう。

でも、本来の目的はそうじゃない。話題を切り替えるのはもう少し後でいいとして、主導権は新井君に渡さないと自分に言い聞かせていた。

「お待たせしました」

やがて、新井君がオーダーした一品料理が運ばれてきた。山芋鉄板に、豆腐ステーキ、それからホルモン焼きに、焼き鳥の串が数種類。

「ちょっと頼み過ぎじゃない?」

「お腹空いてたんで」

私たちの目の前に、料理が所狭しと並べられた。辛うじてカウンターに収まっているものの、あと一品でも届くようなら、膝の上に乗せるしかない。

「とりあえず、食べませんか?」

「そうだね」

黙々と料理を口に運びながら、やっぱり年齢差は否めないと思った。こんな油っこい料理を次から次へと食していく様子は二十代ならではのものだ。見ているだけで胸焼けをしていまいそうだ。

私はそんなことを考えながら箸を置くと、ビールを喉に流し込んだ。

「何か別の料理を頼みますか?」

箸が止まっている私に気がつくと、新井君はメニューに手を伸ばした。

「いいの。頼まなくて大丈夫」

「さっきから食べてないじゃないですか」

「新井君の食べっぷりがよくて、見ているだけでお腹一杯になったから」

そう言って笑顔を見せると、新井君は「博多って料理が美味いですよね。こっちにきて少し太りました」と苦笑いした。

「飲み物はどうします? ビールでいいですか? それとも冷酒にします?」

「……ビールにする」思わず伏し目がちに答えた。

冷酒はもう二度と飲まないと決めていた。この前の二日酔いを思い出すと、また具合が悪くなってしまいそうだった。

　ふと視線を感じて顔を上げると、新井君が声を出さずに笑っていた。

「何？」

「ショーコさんって、表情豊かですよね」

「言われたことない」

「そうですか？　思っていることが顔に出るというか、ムッとすると唇が尖《とが》って、ほら今も」

　新井君の手が伸びてきて、私の唇を指でつまもうとする。私は慌ててその手を払いのけた。

「こんなところで、やめて」

「よく言いますよ。ここで俺にキスしたくせに」

「……えっ？」

　頬杖をついて意地悪く笑う新井君の顔を見つめながら、私は自分の身体が硬直していくのを感じた。

　ここに新井君と来るのは二度目だ。ということは、私がひどく酔っ払ったあの日のことを言っているのだろう。おぼろげな記憶が新井君の言葉で少しずつ蘇《よみがえ》っていく。

　たしか新井君に「帰りましょう」と言われて、私は「もう一杯飲んでから帰る」と駄々をこねたのだと思う。さんざん付き合わせた挙句、新井君のネクタイを引っ張って……

そうだ……それから私はその頬にキスをした……。

「あ、あれは……」

私は完全に酔っ払っていて、都合が悪い出来事を今まで思い出さなかったのだ。もしかすると、無意識に記憶の彼方に葬り去っていたのかもしれない。

なんてバカなことをしてしまったのだと思う。言い訳はできない。新井君が私に興味を持ったのも、そんなことがあったからに違いない。

「ごめんなさい。あの日、飲み過ぎて記憶が曖昧で……言われてようやく思い出したというか……」

バツが悪くてシドロモドロの私を、新井君は楽しそうに眺めている。

「あの後何も言わないから、そうだと思っていたんですよ」

「これからは、飲み過ぎないように気をつけるから」

「酔っ払うのは俺の前だけにしてください」

「……それ、どういう意味？」

「言葉そのままの意味です」

新井君が口にした言葉が心のどこかに引っかかった。心配していると言いたいのか、それとも私をからかって面白がっているだけなのか。新井君の優しい声のトーンからは、そのどちらにも受け取れて戸惑ってしまう。

話の主導権は新井君に渡さないつもりだったのに、こんなにも簡単に奪われてしまうとは予定外だ。そう思って一人自嘲気味に笑うと、そっと息を吐いて気持ちを落ち着かせ、本題を切り出した。

「新井君、今日会社で話したことなんだけど……」

私は隣の席のサラリーマンに会話が聞こえないように声を潜《ひそ》める。

それなのに、新井君はニヤリと笑うと「俺がショーコさんにキスマークをつけた理由ですか？」と声を張った。

慌てて「しっ！」と、人差し指を唇の前で立てる。

隣のサラリーマンの視線を感じたのは気のせいじゃない。

「キスマークだって」と言った後、クスクスと笑い声が聞こえた。目の前の店員にも聞かれたはずだ。ショーケースから串を取り出していた手の動きが一瞬止まったのが目に入った。もうこのお店には恥ずかしくて二度と来られない。

恨めしい気持ちで新井君を睨むと、「だから、俺の部屋に来てくださいって言ったんですよ」と涼しい顔で立ち上がると、勝手に会計を済ませて店を出た。

こんなにイラ立ったのは久しぶりかもしれない。怒鳴り散らしたい気持ちを抑えて、新井君の背中を追いかけた。

「いい加減にしてよ。いったいどういうつもりなの？」

「道端で大声を出さないでください。近所迷惑です」

新井君の正論に悔しくて唇を噛む。

「歩きながら話せないの？」

「誰かに見られてもいいなら」

新井君の部屋には行きたくなかった。話をするだけなら、お店じゃなくても公園とかバス停のベンチとか、他にも場所があるはずだ。けれど、口を挟む間も与えないように、新井君はどんどん先を歩いていく。

やっとのことでついていくと、「もうすぐです」と新井君は振り向き、子供にするように手を差し伸べた。私はそれを無視して足を進めると新井君の隣に並んだ。

「話が終わったらすぐに帰るから」

「わかってます」

少し冷静になると、新井君の策略に嵌《は》められたと気がついた。新井君のことだから、私を部屋に連れ込むために全部計算していたのかもしれない。そう考えると、自分の単純な性格にがっかりして少し落ち込んだ。

新井君のマンションは山王《さんのう》公園の近くにあった。これだけ近ければ、春になるとベランダから満開の桜が見えるだろう。私はそんなことを考えながら、新井君について部屋に入った。

「何か飲みますか?」

「いらない」

そう言ったのに、新井君は缶ビールを二本持ってリビングに戻って来た。部屋は普通のワンルーム。お世辞にも片づいているとは言えないけれど、幻滅するほど散らかってもいなかった。

「そんなにジロジロ見ないでください」

新井君は少し恥ずかしそうに言うと、二人掛けのソファに腰を下ろした。

「座らないんですか?」

促されて仕方なく新井君の隣に座る。ホテルのときも同じシチュエーションだったなと思い出すと、途端に居心地が悪くなった。

ここはホテルじゃないけれど、二人きりの密室に違いない。来てしまった以上、速やかに話を済まして部屋から出て行くべきだ。そう心に決めるとテーブルの上に置かれた缶ビールを手にして一気に煽《あお》る。喉にひりつくような痛みを覚えたけれど、今はそんなことはどうでもよかった。

半分ほど飲み干すと、缶をテーブルに置いて、新井君のほうに向き直った。意気込む私をよそに、新井君は意味深に笑った。

「……っ」

その余裕の笑みが癇《かん》に障《さわ》って、私のイラ立ちを増幅させていく。

「理由を教えて」

ムッとしたまま言うと、新井君は何かを考えるように顎に手を当てて私を見つめた。

「あのね」そのふざけているようなしぐさに私の我慢も限界だった。

「もういい。帰る」

「待って」

ソファから立ち上がろうとすると、新井君は私の手首を掴んで引き止めようとした。

その顔にさっきまでの余裕の笑みは消えていた。

そして、困ったように小さく息を一つ吐いた。

「忘れてほしかったからです」

「えっ？」

新井君の想定外の言葉に身体から力が抜けていく。〝忘れてほしい〟とは、健太郎のことだろう。でも、どうして新井君がそんなことを言うのか理解できなかった。

新井君は無言の私を真っすぐな瞳で見つめている。その表情があまりにも切なくて、私は目を逸らせなかった。

「キスマークを見るたびに、俺のことを考えてほしかったんです。そうすれば、ショーコさんが主任を思い出して悲しい顔をしないで済む。そう思ったんです」

「悲しい顔って……」

新井君は歓送迎会の帰りにも、私が悲しい顔をしていると言っていた。居酒屋で私と健太郎の会話を盗み聞きしたぐらいで、なぜ彼が私のことを気にかけてくれるのかわからない。

考えられる理由は一つ。けれど、私はそれに気づかないフリをした。

新井君が言うように、週末はキスマークが気になって健太郎のことをあまり考えずに済んだ。だからといって、すぐにすべてを忘れられるほど簡単なものじゃない。

「もう私のことは構わないで」

私は大丈夫……。もう何度も自分に言い聞かせてきた言葉を心の中で繰り返す。後輩にこんなカタチで心配される筋合いはない。

「ショーコさん、無理しないでください」

「無理してない」今度こそ帰ろうとバッグを持って立ち上がった。

「新井君、金曜日のことは全部忘れて。同情してくれるのはありがたいけど、こういうのは迷惑だから」

「俺は忘れませんよ」

「……っ」

絶句する私を追いかけるように、新井君もソファから立ち上がった。彼の真剣な表情に気圧《けお》されるように後退る。

「ショーコさんが忘れると言うのなら、俺が何度でも思い出させます。覚悟してください」

やめてと言うつもりが、新井君の唇が邪魔をして言わせてもらえなかった。

「んっ……」

わずかに開いた唇の隙間から新井君の舌が侵入してきて、キスはさらに深いものになってしまった。

新井君の胸を何度もこぶしで叩いた。けれど、新井君は余計に私をきつく抱きしめた。身体が密着して体温が上昇し、なぜ自分が新井君の部屋でキスをしているのかもわからなくなった。

「は……」

長いキスから解放されて、呼吸を整えながら新井君を見上げる。グロスがついた新井君の唇が何だかマヌケに見えて笑えた。そうバカみたいだ。私も、新井君も……。

「私が年上だからって、何をしても許されるわけじゃないよ」

「そんなつもりじゃありません」

新井君の瞳が悲しげに揺れた。それでも、イラ立ちの治まらない私は、「じゃ、何のつもりなの？」と、言葉を荒げて彼に詰め寄った。

「いずれわかりますよ。それより週末、俺とデートしませんか？」

即座に、迷いなく断ったのに、新井君は「土曜日の朝、部屋まで迎えに行きます」と有無を言わせなかった。

強引な新井君に腹を立てながら一人で帰宅した私は、家で頭を抱えた。

こんなことになるのなら、あの時自宅の前まで送ってもらうんじゃなかったと後悔するけれど、もう遅い。まさかこんな展開で強引にデートに誘われるとは夢にも思っていなかった。

デートを回避するなら、当日の早朝から外出する、もしくは前日から友人の家に泊めてもらったり、最悪、金曜日の夜から実家に帰るという手もないわけではない。ただ、現実に実行するとなると、どれも想像するだけで面倒になってしまった。

それに本音を言えば、健太郎と別れてからひたすら会社と自宅を往復するだけで、週末は家に引きこもっていることがほとんどだった。だから、久しぶりのデートの誘いに心が躍らないわけではなかった。

新井君はどこへ行くつもりなのだろう。迎えに来るということはドライブにでも行くつもりなのだろうか。でも、彼は車を持っていないはず。だとすると、無難に映画かもしれない。いずれにしても、服装はカジュアルで問題ないだろう。

嫌だと言いながら、すっかりデートを前向きに捉えている自分に苦笑する。そして、改めてこの二年間、ただ時間を無駄に過ごしてきたのだと思う。私は女を磨いて健太郎を見返す努力もしなかった。別れたあの日に立ち止まったままで、時間が傷を癒してくれるのを待っていただけだった。

翌日から新井君は仕事中に絡んでくることはなくなった。ただそのぶん、仕事以外の話をする機会も必然的になくなるわけで、結局、木曜日の今日に至っても、新井君の考えていることは何もわからないままだった。

私が内線を切ると同時に、新井君の声が耳に飛び込んできた。

「……ええ、好きですよ」

反射的に顔を上げる。視線の先では、受話器を持った新井君が楽しそうに話をしている。相手は取引先の誰かだろう。転属して間もないのに、いつそんなに親しくなったのだろうか。

聞き耳を立てているわけじゃないけれど、どうしても会話が耳に入ってしまう。飛び飛びに聞こえてくる単語を組み合わせると、どうやら新井君は食事に誘われているようだった。接待で取引先の人と飲みに行くことはままあるけれど、その類《たぐ》いとは少し違うような雰囲気が気になった。

「いや、そうなんですけどね。困ったなぁ」

新井君の声のトーンは柔らかいけれど、眉間にしわが寄っている。指先はイラ立ちを堪えるように、デスクを小刻みに叩いていた。

「もちろん、誘っていただけるのは嬉しいですよ。ですが、週末は用事がありまして。ええ。そうなんです」

週末の用事とは、もしかして……。そこまで考えて、打ち消すように頭を振った。新井君の言った用事が私とのデートだとは限らない。そもそも本当に迎えに来るかもわからないし、それ以外に本当に予定があるのかもしれない。

私は意識を別のところに向けようと、今度の会議で使う資料に目を通し始めた。けれども心ここにあらずで、内容がまったく頭に入ってこない。

「ショーコさん」

「ん？」

美保が椅子ごと私に近寄って来て、内緒話をするように耳元で囁く。

「新井君、長野物産の小松《こまつ》さんに狙われているみたいですね」

「電話の相手は小松さんなの？」

「そうなんです」

「ふーん。お似合いでいいんじゃない」

バサバサと音がしそうなまつ毛を瞬かせて、媚びるように男性を見つめる小松さんの姿を思い出した。二人並ぶと美男美女でお似合いなんじゃないだろうか。暇つぶしで私をデートに誘うぐらいなら、彼女とデートに出掛ければいい。

「だけど、小松さんですよ？」

美保の言いたいことはわかる。自分の魅力を理解している彼女は、男性に飽きるのも早い。あちこち手を出しているのか出されているのかわからないけれど、つねに男性の噂が絶えなかった。

「災難としか言いようがないね」

「本当ですね」

電話の様子を見ていると、遠まわしにデートの誘いを断っているようだけど、彼女はよほど新井君を気に入ったのか、なかなか引き下がらない。新井君の表情がだんだん険しくなっていく。

「いえ、週末は本当に用事があるんですよ」

新井君はちょっと強めの口調でそう言うと、私のほうへ視線を向けた。

「なっ？」

油断していたせいで、まともに目が合ってしまった。これでは、私が二人の会話に聞き耳を立てていたと思われても仕方がない。

でも、新井君が小松さんとどうなろうと、私には関係のないことだ。週末だって新井君と小松さんがデートに出掛けようが構わない。

「ええ。はい。機会がありましたら、ぜひ」

受話器を置いた新井君は、私を見て小さく笑った。それがまるで「約束はちゃんと守りますよ」と言われているように思えて、バツが悪くなった私は席を立つと、逃げるように給湯室に向かった。

土曜日の朝。アラームをセットしていたわけでもないのに、八時前に目が覚めてしまった。休日ぐらいゆっくり寝ていたくて、ベッドの中で寝返りを打つこと数分。二度寝をあきらめた私は、のろのろとベッドから抜け出すと、コーヒーを飲むためにケトルでお湯を沸かした。

いつもはインスタントコーヒーを飲んでいるけれど、気分を変えたくて、昨日会社帰りに自家焙煎のコーヒーショップで豆を買ってきた。手動のミルで豆を挽《ひ》いてペーパーをドリッパーにセットすると、沸いたばかりの熱湯を注いだ。たちまち芳ばしい香りが私の鼻腔《びこう》をくすぐる。

ソファに膝を抱えて座ると、マグカップから立ち込める白い湯気に息を吹きかける。香りを楽しみながら、ゆっくりコーヒーを胃に流し込む。そうして身体が完全に目覚めるのを静かに待つ。

　会社で新井君は週末のデートについて何も触れてこなかった。忘れているのかもしれないし、冗談だったのかもしれない。気になるなら本人に確認すれば済むことだったけれど、戯言《ざれごと》を真に受けたと思われるのも悔しくて、それもできなかった。

　十時を過ぎても新井君から連絡はない。時折スマホを確認してみるけれど、何のメッセージも届いてなかった。勘違いで、約束は土曜じゃなくて日曜だったのだろうか。

　洗濯と掃除を終えると、すぐに出掛けられるように薄くメイクを施して、カジュアルな服装に着替えて新井君を待った。

「まだかな……」

　読んでいた文庫本をテーブルの上に置いて時計を見る。読書をして待っていようと思ったのに、二十分も集中していられなかった。

　来るかどうかわからない相手を待つのは苦痛だ。いっそのこと一人で出掛けてしまおうか。そうすれば、新井君が来なかったとしても、自分に言い訳ができる気がした。

　映画に行くのも悪くない。そのあと雑貨屋めぐりをして、普段は買わないちょっと高めのお惣菜とシャンパンを買って、夜はプチ贅沢を楽しもう。

　そんなプランを考えながら、テンションを上げようとしたけれど、鏡の中の表情はどこか冴《さ》えなかった。

誰だって約束を破られるといい気はしないものだ。まして、今回のデートは新井君が言い出したことだ。こんな風に彼のことを気にしている自分が嫌だった。彼がうちの課に赴任してきてからというもの、振り回されてばかりでどうにも落ち着かない。

「よし、出掛けよう」

そう決意して勢いよく玄関のドアを開いた瞬間、鈍い音が響いた。ドアの外をそっと見ると、男性が頭を抱えている。どうやら開けたドアがたまたま目の前を通った人に当たってしまったらしい。

「ごめんなさい。大丈夫ですか？」

「……朝から元気良過ぎです」

顔をのぞき込んだところで低い声がした。

「えっ、新井君？」

私を恨めしそうに見つめているその顔を凝視する。

スーツ姿じゃないからすぐに誰だかわからなかったけれど、そこにいるのはたしかに新井君だった。

ダウンジャケットにジーンズ、そして斜め掛けのコンパクトなバッグ。スタイルがいいせいで、何気ない格好もよく似合っていた。でも、客観的に見るとやっぱり若いなと思う。

新井君が苦痛に表情を歪めて私を睨んだ。

「舌噛んだじゃないですか」

「あ、ごめん」

「痛ってぇ」

「本当にごめん。あの、とりあえず中に入る?」

そう言うと、新井君はよほど痛かったのか、ムッとした様子のまま靴を脱いだ。

「……お邪魔します」

部屋の前で立ち話をするのもどうかと思い、新井君を中に招き入れたけれど、すぐに後悔した。私の部屋に二人でいるという状況に緊張してしまい、思うように話せなくなってしまった。

「えっと、適当に座って」

その一言を口にするだけで声が裏返りそうになる。

新井君は私をチラリと見ると、一瞬迷ってローテーブルの前のソファに座った。二人掛けのソファに私が座るスペースを空けて座られ、ドキリとする。その動作がホテルや新井君の部屋での出来事を連想させたからだ。

「コーヒーでいい?」

「はい」

「少し待ってて」

すでにペースを乱されているような気がして、私は落ち着きを取り戻すため、立ち上がり、棚からミルを取り出すと、豆を挽き始めた。

すると、新井君は「俺がやります」と言って、私からミルを取り上げた。新井君が豆を挽く小気味よい音が狭いワンルームに響く。その様子を眺めていると、半分ほど豆を挽いたところで彼が手を止めた。

「これ疲れませんか？」

「疲れるよ」

「どうして電動にしなかったんですか？」

「手動で挽くほうが雰囲気出るかなと思って……」

そう言うと「フッ」と、息が漏れる音が聞こえた。

「今、笑った？」

「いえ」

「笑ったよね？」

「笑ってません」

「ミル返して。新井君にはインスタントしか飲ませない」

「そんな意地悪言わないでください」

ミルに手を伸ばすと、それを阻止しようとする新井君の手に触れそうになった。触れてはダメだ――。とっさにそう思った私は不自然な動きで新井君から離れた。

「ショーコさん?」

「早く飲みたいから急いで挽いて」きっと、新井君も私の変化に気がついたに違いない。

「お湯を入れてくる」

新井君からミルを受け取ってキッチンに向かった。ドリップする間、ぼんやりと健太郎のことを思い出していた。

あの当時、私はいつから健太郎のことを意識していたのだろう。そして、健太郎はいつから私を恋愛の対象として見ていたのだろう。会社の先輩と後輩の枠を壊せたのは、お互い社内恋愛は初めてだったからだ。一度経験すれば、もう十分。二度と同じ思いはしたくない。

「どうぞ」

私と色違いのマグカップを新井君の前に置いて床の上に座った。他にもマグカップはあるけれど、あえてペアのマグカップを使ったのは、自分への戒めのつもりだった。健太郎とお揃いで買ったマグカップが食器棚の片隅にまだ残っていた。それ以外の荷物はすべて処分していたのに、どうしてそれだけ残したのか自分でも不思議だった。

「ありがとうございます」

新井君はそう言ってマグカップを手に取ると、口をつけずに見つめている。

「これ……」

「何？」

「いえ。今日は来るのが遅くなってすみませんでした」

新井君は、何かを言いかけてやめると、謝罪の言葉を口にした。

「別に待っていたわけじゃないから」

「どこか出掛ける予定だったんですか？」

「そのつもりだったけど……」

曖昧に言葉を濁してマグカップに視線を落とす。新井君が現れたのは、ちょうど出掛けようと、私が玄関のドアを開けた時だった。その状況を考えれば、私に用事があると思うのは当然のことだろう。

「行かなくていいんですか？」

「それは……」

「何時の約束ですか？　間に合います？」

畳みかけるような質問に言葉が詰まる。もともと新井君を待つのに耐えられず、出掛けようとしただけだ。行かなくても誰かに迷惑がかかるわけじゃない。新井君が現れた今、一人で出掛ける気分なんてとっくに消えていた。

それぐらい察してほしいと思う。元はといえば、自分から誘っておいて、散々待たせた挙句に連絡なしで突然来たのが悪いのだ。

新井君は、私がムッとした表情を見せたのを誤解したのだろう。

「そっか……」とつぶやくと、ソファから音もなく立ち上がった。

「ショーコさんに予定があるんじゃ、俺、迷惑ですね」

「え？」

「帰ります。連絡もせずに突然来てすみませんでした」

呆気にとられる私をよそに、新井君はダウンジャケットを羽織《はお》ると、玄関に向かった。

勝手に来て勝手に帰るって……。

好きにすればいい。そう思ったけれど、新井君の背中を見ていると、だんだんと怒りが込み上げてきた。文句の一つでも言わなければ気が済まない。私は後を追いかけて
「ちょっと待って」と、その腕を掴んで引き止めた。

新井君は少し驚いた様子で振り向いた。そして、私の瞳をのぞき込んだ後、確認するように口を開いた。

「予定、あるんですよね？」

それを言われると、勢いだけで掴んだ手に力が入らなくなる。口ごもると、さっきまでの怒りはあっという間に萎《しぼ》んでしまった。

「……ないけど」

「ショーコさん、もしかして俺のことを待ってた？」

言葉に詰まる。これでは、そうだと認めたようなものだ。それが悔しくて何か言おうとするけれど、何も言葉が浮かんでこなかった。

こうなると、完全に新井君のペースになってしまう。彼の表情がフッと緩んだかと思うと、突然私を抱きしめた。

「ちょっと、離してよ」

想定外の新井君の行動に驚いて、心拍数が上がって頬が熱くなる。

「ショーコさん、可愛い」

耳元で囁かれた言葉に顔を上げて睨むと、思っていたよりも唇が近くにあって、息が止まりそうになった。

「ま、またバカにして」

必死に言葉を吐き出してソッポを向いた。密着した身体を離そうと新井君の腕を掴んで押し返すけれど、彼は「バカになんかしてない」と言うと、私を抱きしめたまま、声を出さずに笑った。

それが何だか心地好くて、私はその腕を振りほどくことができなかった。新井君の吐息が私の頬にかかって、このままじゃマズイと思った瞬間、独特の臭いが鼻をついた。

「……新井君、もしかして二日酔いなの？」

「バレました？」

「うん。お酒臭い」

そう言うと、新井君は勢いよく私を離すと一歩後退った。

「すみません。昨日課長に捕まって、遅くまで付き合わされたんです」

私は「そうなんだ。それはご苦労様」と、苦笑いで答える。

だから朝早く起きられなかったのだ。納得しかけて、ふと何かが引っかかった。課長はお酒好きだけれど、嫌がる部下を強引に誘ったりはしない。

「もしかして、接待だった？」

「接待と言われれば、まぁ、そうなるのかな」

バツが悪そうに頭を掻《か》く新井君を見て、私の勘が働いた。

「長野物産の人と？」

「どうしてわかるんですか？」

この前の執拗な電話の内容を考えると、小松さんが自分の上司を使って新井君を呼びだしたとしても不思議じゃない。

彼女はそういう人なのだ。狙った獲物はどんな手を使ってでも手に入れる。今まで自分から声をかけてなびかなかった相手はいないのだろう。そんな自信のようなものが、彼女から感じ取れるのだ。

「で、どうだった？」

「どうって、何がですか？」

「小松さんに会ったんでしょ？　彼女可愛いよね。たしか歳は新井君の一つ下だっけ？

いや、二つかな？」

新井君は「あー」と言ったきり、頭を掻いて黙ってしまった。

小松さんは小悪魔的な魅力があって、大人気のアイドル女優にとてもよく似ている。

四十過ぎのうちの課長も、小松さんと話をする時は鼻の下を伸ばしているのだ。

「気になりますか？」

「別に。ただ、新井君も小松さんみたいな人がタイプなのかなと思っただけ」

「まぁ、綺麗な人でしたけどね。そんなことより、そろそろ出掛けませんか？」

新井君は小松さんに興味がないのか、あるいはそう装っているだけなのか、今日の
デートにサラリと話題を変えた。

「どこに行くの？」

「もうお昼過ぎちゃいましたね。どうするかな……今日はショーコさんを初めてのとこ
ろに連れていこうと思っていたんですけど」

新井君は腕時計に視線を落として考える素振《そぶ》りを見せた。

「初めてって?」

「競艇ですよ。行ったことありますか?」

競艇とはボートレースのことだ。福岡の街中に競艇場があることは知っているけれど、今まで興味を持ったことも、行ったこともなかった。

「ギャンブルは苦手なの」

友達に誘われてパチンコ屋に一度入ったことはあったけれど、あの空気の悪さと騒音に三十分も耐えられなかった。競艇場のことはよく知らないけれど、あまりいいイメージは浮かばなかった。

「そこの焼きそばが安くて美味いんですよ」

「えっ、美味しいの?」

〝美味い〟という言葉につい食いついてしまう。今日は朝早くから起きて掃除や洗濯に勤しんでいたから、お腹もいい感じに空いていた。

「行きます?」

「どうしようかな……」

そう迷いながら言ってみたものの、特に他に行きたいところがあるわけでもなかった。

競艇場に着いたのは午後二時だった。

街中の競艇場は、放送局から単館系映画館を通り過ぎたところにある。入場料を払って中に入ると、新井君は無料の出走表を取って私にも分けてくれた。

「どうぞ」

「ありがと」

出走表を手に持って、キョロキョロと辺りを見回す。競艇場は思っていたよりも綺麗だった。よくイメージするような赤鉛筆を耳の後ろに引っ掛けているオジサンもいれば、意外に若い人やカップルも多かった。何箇所かにモニターがあって、レース結果が出ているのか、その前に人が密集していた。

それにしても、競馬にも行ったことがないくらいだから、競艇の予想の仕方も賭け方のしくみもまるでわからない。そんな不安が表情に出ていたのか、新井君は私の顔を見ると、安心させるように微笑んだ。

「予想の仕方は後で教えますよ。それより、まずは腹ごしらえですね。早速売店で焼きそばを買いましょう。ちなみにお茶は飲み放題なので」

「そうなんだ」

「あっちです」

「はーい」

だんだん楽しくなってきてふざけて返事をすると、新井君はそんな私を見て嬉しそうに笑った。

レース直前になると、だいたいの人は観戦のために屋外に出て行く。私も臨場感を味わいたくて、「モニターで見ればいい」と言う新井君を説き伏せて一緒に外に出た。

浜風が直接当たるとさすがに寒くて、肩に力が入ってしまう。非難がましく睨む新井君を無視して、私は身体を縮こまらせながらレースの行方を見守った。

「当たった、当たったよ、新井君！」

レース終了直後、興奮気味に持っていた舟券を新井君に見せる。

「おっ、凄い。ビギナーズラックですね」

「嬉しいっ」

「で、幾ら買ったんですか？」

「二百円」そう言うと、新井君は苦笑する。

「その買い方じゃ、当たってもトントンにしかならないですよ」

「それでいいの」

性格的にギャンブルに向いていないのか、一度に大金を賭けることができない。予想の仕方も新井君に一応レクチャーしてもらったけれど、エースモーターとか選手のランクとか、頭では理解できても、いざ舟券を選ぶ際に参考にするのは難しかった。

結局、適当に選んで、しかも比較的当てやすい三連複で買うものだから、当たったところで数百円のバックにしかならない。でも、楽しいからそれでいいと思う。レースの時間は決まっているから、いつまでもダラダラできるわけでもない。使うお金を自分でコントロールできるギャンブルならアリかもしれない。

屋外だから寒いのだけが難点だけど、有料のロイヤル席というのもある。三千円を払えばそこで優雅にレースを楽しむことができるらしい。

四時過ぎにはすべてのレースが終った。結果は私が二勝二敗でプラス五百円。新井君が一勝三敗のマイナス三千円だった。

「やった。私の勝ちだ」

「ただのビギナーズラックだって言ってるじゃないですか」

「何？　拗《す》ねてるの？」

「まさか」

新井君はそう言うと、私を置いて歩き出してしまった。

「ちょっと待ってよ」と、その背中を追いかける。

どう考えても私には新井君が拗ねているようにしか見えなくて。吹き出しそうになるのを堪えながら隣に並んで歩いた。

これからどうするのだろう。新井君から次の予定は聞いていなかった。これで終わりでも構わないけれど、もう少しだけ一緒にいたかった。

レースの余韻《よいん》で興奮していたのかもしれない。甘えるような言葉をつい口にしてしまった。

「寒かったから、どこかでお茶したいな」

新井君を見上げると「そうですね」と、彼も私を見て微笑んだ。

それから、新井君は私の右手を取ると、自分のダウンジャケットのポケットに突っ込んだ。そのまま何も言わずにポケットの中で手を繋ぐ。いわゆる恋人繋ぎというヤツだ。

冷たい指先の代わりにジワリと頬が熱を持つ。意識は右手に集中しているのに、どこか冷静に物事を見ている自分がいた。

こんなところを誰かに見られたら言い訳できない。手を振りほどこうとすると、強い力で握り返されてしまった。

「新井君、離して」

「ショーコさんの手が冷たいから」

「でも、誰かに見られたら困る」

「つべこべ言わずに行きますよ」

新井君の横顔は少し照れているようにも見えた。彼の心の中を盗み見たような気がして、私はくすぐったい気持ちになりながら、新井君のポケットに右手を入れたまま歩きだした。

まもなく、どこでも見かけるカフェのチェーン店に入った。お店の入り口で、繋いでいた手はさりげなく離された。温かい飲み物をオーダーすると、コートを脱いで窓際の席に座った。

「初めての競艇はどうでした？」

「うん。楽しかったよ。思っていたよりも綺麗だったし、焼きそばも美味しかった。何より、新井君に勝ったしね」

「だから、それはビギナーズラックだって」

「新井君って、本当負けず嫌いだよね」

「別にそういうわけじゃ」

「すぐムキになる」

「なってないです」

楽しく話をしながらも、恋人繋ぎの感触が手に残っていて、新井君の目を見ることができない。彼にとっては、何でもないことなんだろうけれど、私はそうじゃない。

気持ちを落ち着けようと、できたてのカフェラテが入ったマグカップを手に取って口に運んだ。新井君がそのタイミングで冗談を言うから、そっと口に含むはずが、笑った弾みで結構な量が口の中に流れ込んでしまった。

「んっ、熱っ」

うかつにも口の中を火傷《やけど》してしまい、ヒリヒリとした痛みが舌に残った。

「大丈夫ですか？」新井君の目が笑っている。

「痛い……」

「ショーコさんって、猫舌なんですね」

涙目で睨むと、新井君は今まで見たこともない優しい笑顔を私に向けていた。

さんざん私を振り回して楽しんだうえに、そんな素の表情を見せるのはやめてほしい。

不覚にも鼓動の高鳴りを感じて動揺していた。これ以上、近づいてはダメだ。このままでは新井君を好きになってしまう。

もう社内恋愛はしないとあれほど固く心に決めたはず。それに、六歳も年下の相手なんて問題外だ。次に恋をするなら将来を考えられる人がいい。誕生日が来れば、私は三十二歳になる。悠長に恋を楽しめる年齢ではないのだ。

新井君を目の前に心の中で自問自答していた。何度も言い聞かせなければ、私はまた流されてしまいそうだった。

「ショーコさん、料理は得意ですか？」

「え？」

その言葉に嫌な予感がした。次のセリフが何となく想像できたからだ。

「二日酔いで胃が弱っているんで、夕飯はあっさりしたものが食べたいんですよね」

「それで？」

さすがに私だって、二日酔いの新井君を飲みに誘おうとは思っていないし、カフェを出たら、サヨナラを言って帰る決心をしたばかりだった。

「煮物とかそういうおふくろの味的なものが食べたくて」

「……うん」

「ということで、何か作ってくれませんか？」

「……私が？」

「そう。ショーコさんが」

「それは、ダメ」

「競艇デビューのお礼をしてくださいよ」

「それとこれとは話が別でしょ」

抗議したけれど無駄だった。新井君は勝手に「はい、決まり」と言って、有無を言わさず立ち上がった。結局押し切られるカタチで、私の部屋に向かうことになった。

帰り道、近所のスーパーに寄った。まさか新井君と買い物をすることになろうとは思ってもみなかった。

「何を作ってくれるんですか？」

「お味噌汁」

カートを押しながら、嬉しそうな新井君にぶっきら棒に答える。

「それだけ？」

「あとは適当に」

料理を作るのは好きだけど、得意なわけではない。一人暮らしは長いからそれなりにレパートリーはあるが、期待されても困るのだ。

どうしよう……。頭の中で献立を考える。無難に作り慣れた筑前煮《ちくぜんに》にすることに決めた。椎茸と人参、それからレンコンとごぼうをカートに入れた。あとは鶏肉、こんにゃくを追加して、最後にデザートを選ぶだけだ。

朝食用の食パンをカートに入れて新井君を振り返る。

「プリンとヨーグルト、どっちがいい？」

「えっと、プリン？」

疑問形の新井君を無視して、ホイップが乗ったプリンを二つカートに追加した。

買い忘れたものはないか、カートの中の食材を見て確認する。味噌はあるし、お米もある。とりあえず、大丈夫だろう。

「飲み物はお茶でいい？」

「はい」

「じゃ、おしまい」

一番空いているレジに二人で並んだ。新井君は自分がお金を払うつもりなのか、お財布を手に並んでいる。

今まで新井君は私にお金を払わせようとしなかったけれど、彼女じゃない私にそんな気遣いは必要ないのだ。今日こそ私たちの関係をはっきりさせなければと思う。

プライベートな時間を一緒に過ごすことも、手を繋いだり、キスをしたりするのも、すべて今日で最後にする。

部屋に帰ると、早速料理に取りかかった。ご飯が炊き上がるのは、約一時間後。夕飯にはちょうどいい時間になる。

「新井君はテレビでも観てて」

「俺も手伝いますよ」

「えっ？」

手伝ってもらえるとは思っていなかったから少し驚いた。

「ピーラーありますよね？」

「うん。そこに」冷蔵庫の側面に設置したラックを指差した。

「じゃあ、人参から」

ピーラーを手にした新井君は手際よく人参の皮を剥《む》いていく。

「馴れてるね」

「大学のとき、居酒屋でバイトしていたんで」

「でも、自炊はしないんでしょ？」

「調理器具を持ってないんですよ」

「あればするの？」

「しません」

新井君がきっぱり言い切るのが可笑しくて、「何それ」と笑う。

「たまに気分転換に作るぶんにはいいんですけどね。毎日となると」

「まぁ、そうだよね。あ、それが終わったらレンコンもお願い」

「了解です」

黙々と皮を剥いていく新井君をチラチラ見ながら、私はグリーンサラダを作る。

「何、チェックしてるんですか？」

視線をこちらに向けず、新井君が照れながら笑う。チェックしていたわけじゃない。今まで付き合った人は、料理については私に任せきりだったから新鮮に感じただけだ。

我ながらサラダは、彩り鮮やかに上手く盛り付けられたように思う。

「よし。上出来」

「……前から思っていたんですけど、ショーコさんって独り言が多くないですか？」

「え？　あっ、ごめん。一人が長いとこうなるの」

痛いところを突かれ、少しムッとしながらも、私は何年一人暮らしをしているのだろうと考える。短大を出て就職してからだから、軽く十年を超える。長いようであっという間だったたと思う。

その間にいくつか恋をした。そのすべてが真剣な恋だったけれど、どれも実らなかった。またいつか私は恋をするだろう。けれど、その相手は新井君じゃない。

「ショーコさん」

「うん？」

「これからは、俺がいますよ」

「えっ？」

その言葉に包丁を持つ手が止まった。新井君に視線を向けると、穏やかな笑みを浮かべて私を見つめていた。

どうしてそんな言葉が言えるのだろう。一瞬でも真に受けてしまいそうになった自分に苦笑する。新井君は本心で言っているわけじゃない。私をからかって楽しんでいるだけなのだ。万が一、私に気があったとしても、それは一時的なもので、すぐに心変わりするに違いない。

「ダメだよ、新井君。そんなセリフ、誰にでも言っちゃ。そのうち勘違いされて、大変な目に遭うよ。あっ、もしかして、小松さんにも言ったんじゃないの？　お願いだから面倒はやめてね。一応、取引先の人なんだから」

「俺は――」

「はい、手を止めないで皮剥いて。いつまで経《た》っても終わらないよ」

新井君の言葉を遮って料理に没頭するフリをした。

人参を切り終えたら次はこんにゃくを塩で揉んであく抜きをする。そして、小さな鍋にお湯を沸かして茹でた。

「ショーコさん、終わりました」

「じゃ、後はいいから。テレビでも観て、ゆっくりしてて」

「……わかりました」

新井君は何か言いたそうにしていたけれど、私が料理に集中していると、あきらめたようにキッチンから離れていった。

無心で料理を作っていると、いくらか気持ちが落ち着いた気がする。今日こそ新井君とちゃんと向き合って話をしよう。こんな中途半端な関係は早く終わりにしなければ……。

出来上がった料理をテーブルに並べて二人で手を合わせた。

新井君は豆腐のお味噌汁を啜《すす》った後、筑前煮に箸を伸ばした。自分では美味しくできたと思うけれど、新井君の口に合うかどうかわからない。緊張しながら、新井君の感想を待った。

「どうかな、美味しい？」

恐る恐る確認すると、新井君は「美味しいです」と言ってくれた。その言葉はたぶん嘘じゃない。その証拠に筑前煮の鶏肉を口に入れた瞬間に、新井君は嬉しそうに目を細めていたからだ。

新井君の反応にホッとして、私も筑前煮に箸を伸ばす。

「たくさん作ったから、遠慮なくお代わりしてね」

「ありがとうございます。食べたいんですけど……今日はちょっと無理そうです」

新井君はまだ胃腸の調子が悪いのか、いつもよりも小食だった。そういえば競艇場でも焼きそばを少し食べただけで、後はお茶ばかりを口にしていたことを思い出した。

しばらくして「ご馳走様でした」と、新井君は私よりも先に箸を置いた。

本当は家でゆっくり休んでいたかったんじゃないの？

それなのに、どうして無理をしてまで私を迎えに来たりしたの？

ふと手を止めて新井君を見ていると、「何？」と不思議そうな顔をした。

「よかったら、ご飯と筑前煮を少し持って帰らない？」

とっさに出た言葉に「いいんですか？」と、新井君の表情がパッと明るくなった。

私は少しの罪悪感を覚えながら「うん。後で容器に入れて渡すから」と作り笑いで応えた。

食べ終わった食器をシンクに運んでお湯を沸かす。食後のコーヒーを用意しながら、ソファでくつろいでいる新井君を視界の端に捉える。その姿が数年前の健太郎と重なり、ジクジクとした痛みが胸に広がっていく。

週末になると、どちらかの部屋で手料理を振る舞うことが多かった。食後はテレビを観ながらじゃれ合って、甘い時間を過ごした。お互いの部屋にそれぞれの荷物が少しずつ増えていって、私はその先を期待した。

でも、健太郎は私じゃなく別の女性を選んだ。取り残された私は、誰にもその傷を打ち明けることもできずに苦しんだ。また同じことを繰り返すなんて、やっぱりできない。

「はい。どうぞ」

コーヒーが入ったマグカップとスーパーで買ったプリンをテーブルに置く。新井君がヨーグルトよりプリンを選んだのは意外だなと思っていたら、案の定、苦笑いを浮かべた。

「食べないの？」

「二個ともショーコさんが食べてください」

「やっぱり食べないんだ」

一人だけ食べるのは気が引けて、二個とも冷蔵庫にしまうと新井君に向き直った。

焼き鳥屋の帰り、いや、新井君の部屋でだっただろうか。〝どういうつもりなの？〟と聞いた私に、新井君は〝いずれわかる〟と答えたけれど、もうその理由を知る必要もない。新井君の真意がどうであれ、私は新井君とは会社の同僚のままでいたいのだ。

改まった私の様子に新井君が眉をひそめる。

「どうかしたんですか？」

「私の気持ちを話しておこうと思って」

今までも自分の気持ちを新井君に伝えていたつもりだった。だけど、いくら強引だったとはいえ、キスを許したり、部屋に上げてしまったりしたのは、私の落ち度といえるだろう。私はもっと毅然とした態度で新井君と接するべきだったのだ。

「いろいろ、はっきりさせたくて」

そこで言葉を区切って新井君を見た。新井君の真っすぐな瞳を見つめると、心の奥を見透かされてしまいそうで怖くなる。うつむいて一度深呼吸した。

「こんなことは、もうやめよう」

「どういう意味ですか？」

私が何を言うかわかっていたように、新井君は冷静に答える。

「今日みたいに休日に会ったりするのは、同僚の範疇《はんちゅう》を超えていると思う。だから……」

「楽しくなかったですか？」

「そんな問題じゃなくて」

「だったら」

「迷惑なの！」

　声を荒げた私をなだめるように、新井君は穏やかな声で私の名前を呼んだ。

「ショーコさん」

「変に噂になって、イヤな思いをしたくないの」

「俺がショーコさんを好きだと言ったら？」

　新井君の言葉にため息をつきたくなった。私はこんな駆け引きをしたいわけではない。社内恋愛で傷つくのはもうこりごりなだけだ。年上だからといって大人の女のフリをするのは疲れたし、先が見えない恋愛はしたくない。

「私ね、本気で婚活を始めようと思っているの。だから、新井君に近くでウロウロされるのは迷惑なの。わかるでしょ？」

　きっぱり言い切ると、新井くんは傷ついたように表情を曇らせただけで、それ以上何も言わなかった。

　これでいい。チクリと突き刺さった胸の痛みには気づかないフリをする。

「話はおしまい。じゃ、料理を容器に詰めてくるから」

わざと明るい声を出してキッチンに移動する。

料理を渡したら帰ってもらおう。月曜からは会社の同僚に戻るだけ。今までだって特別な関係だったわけじゃないし、そんなに難しい話でもないだろう。少し時間が経てば、すぐに忘れてしまうに違いない。新井君の思わせぶりな発言の数々は、時効になった頃、笑い話にして飲み会の席でぶちまけよう。

紙袋に容器を入れ、新井君に手渡した。

「容器は返さなくていいから」

「でも」

「本当に気にしないで」

追い返すように新井君の背中を押して玄関に促した。

「じゃ、月曜に会社で」

私がそう言うと、新井君は少し間を置いた後、「食事、ありがとうございました」と小さく頭を下げて、あっさり帰っていった。

「……新井君の気持ちなんて、その程度のものじゃない」

ドアが閉まって新井君の姿が見えなくなると、私は小さな声でつぶやいた。

第三章　迷う心

新井君とのデートから半月が過ぎた。あれ以来、二人で食事をすることもなかった。会社帰りに偶然を装って何度か誘われたけれど、適当な理由をつけて断っているうちに、それすらもなくなった。

「ショーコさん」

名前を呼ばれて、パソコンのキーボードを打つ手を止める。美保が私のすぐそばで、小さなトートバッグを持って立っていた。

「ん、何?」

「ランチ、行きましょ」

「え、もうそんな時間?」

周りを見ると、みんな席を立ってゾロゾロと事務所を出て行くところだった。仕事に集中していて、お昼休みを知らせるアラームが鳴ったことに気づかなかったようだ。

「ちょっと待って」

簡単にデスクを片づけて、バッグを手に席を立った。

「ショーコさん、早く」

閉まりかけのエレベーターに二人して身体を滑り込ませた。中はすし詰め状態だ。私は息苦しさを覚えて、下を向いてそっと息を吐き出した。

午前中はあっという間だった。午後も資料作成や見積もりなど予定がぎっしりと詰まっている。優先順位を考えて仕事を進めないと、今日も残業になってしまいそうだ。

そんなことを考えていると、金属製の甲高い音がして目の前のドアが開いた。押し出されるようにして外に出る。

「ショーコさん、何がいいですか？」

「んー。何でも。美保に任せる」

「じゃ、今日はパスタで」

「了解」とうなずいて、会社の裏手にあるイタリアンレストランに向かった。

そのイタリアンレストランはレンガ造りの洒落たお店で、細い路地に入ったところにある。ファミレスや定食屋に比べれば価格は少し高めだけど、美味しいデザートがつくことを考えると悪くないだろう。お昼時はすぐに満席になってしまうけれど、今日はギリギリ間に合ったようだ。お店に入ってすぐに、手前のテーブル席に通された。

「ラッキーでしたね」

「うん」

店内を見回すと、可愛らしい女性客で溢れ返っていた。

「さっさと注文しちゃおう」

お昼休みは一時間しかない。会社に戻って化粧直しの時間を考えるとゆっくりする時間はないのだ。

ランチセットのメニューを開いて、頭の中でメニューを読み上げる。日替わりのAランチはカルボナーラとサラダにスープ。そして、デザートにはティラミスと食後のコーヒーとなっている。日替わりのBランチはメインがピザになるようだ。

「決まった？」

「はい。私はBランチにします」

店員さんを呼んで注文を済ませる。その直後、美保のスマホが鳴った。

美保は「すみません」と私に断り、トートバッグからスマホを取り出した。そしてメッセージへの返信を済ませると、何かを思い出したように声を上げた。

「そうそう、ショーコさん、突然ですけど」

「ん？」

顔を向けると、美保が意味深に微笑んで見せた。

「何？」

「今、付き合っている人いますか？」

「……えっ？」

不意打ちのような質問に、動揺を隠せなかった。でも、新井君とのことは誰にも言っていない。半月前の競艇デートを目撃されていた可能性もあるけど、それならとっくに問い詰められているだろう。美保が新井君のことで、カマをかけているとは思えなかった。だとしたら、いったいなんだろう。

「ど、どうしたの、急に？」

水を一口飲んで気持ちを落ち着けた。

「じつはショーコさんに紹介したい人がいるんです」

「紹介？」

「前に焼き鳥屋で知り合った人がいるって言いましたよね？」

「うん」

「知り合ったのは原西《はらにし》さんっていうんですけど、その上司が仕事もできるし、部下の信頼も厚くていい人みたいなんですよね。あ、もちろん独身ですよ。だから、ショーコさんにどうかなって思って」

美保は一息つくと、「年齢もちょうどいいし」と付け加えた。

「その人、いくつなの？」

「三十五歳です」

「ふうん」

たしかに今から付き合うのならそれぐらいの年齢の人がいいかもしれない。その時、新井君の顔が思い浮かんだ。

〝これからは、俺がいますよ〟

新井君が言った言葉は、私の心に少なからず響いていた。けれども、彼を遠ざけたのは私自身だ。いまさら彼のことを気にするなんて、どうかしている。

「付き合っている人がいないなら、一度会ってみませんか？」

「そうだね……」

気乗りはしなかったけれど、自分から出会いを拒んでいては何も始まらない気がした。

「じゃ、紹介してくれる？」

「わかりました。早速、連絡してみますね」

美保は嬉しそうに微笑んでスマホをタップした。


翌週の金曜日の夕方、私は居心地の悪さを感じながら一心不乱にキーボードを叩いていた。美保が私の背後で、イライラした様子で腕組みをして立っている。

「ショーコさん、こんな日に残業なんてやめてくださいよ」

我慢できなくなったのか、美保が私の手元の資料を奪って持ち上げた。

「あと少しだから、ごめん」

そう言いながら、美保から書類を取り返す。

今日は、美保が先週のランチの時に話した原西さんとその上司との食事会の日だった。すでに時刻は六時。どうしてこんなギリギリまで仕事に追われているのかというと、昨日急ぎの仕事が舞い込んだせいで、本来終わらせるはずだった月曜日の会議用の資料作成を失念していたのだ。そのことに気づいたのが二時間前で、慌てて取りかかったもののの、まだゴールが見えない。休日出勤は〝仕事が遅い〟と見なされる社風なので、できれば今日中に完成させてしまいたかった。

「言ってくれれば、私手伝ったのに」

「うっかりしてたの」

「原西さんには、少し遅れると連絡しておきますね」

「うん、よろしく」

美保が席に座ると、気持ちを切り替えてパソコンの画面に集中する。日を改めたいところだけど、美保が激怒するだろうし、さすがに直前過ぎて先方にも失礼だ。今はできるだけ早く仕事を終わらせるしかない。

「ショーコさん」

デスクの向こうから新井君に声をかけられた。

「どうしたの？」

パソコンの画面から目を離さないまま、緊張気味にその声に返事をする。新井君が席を立つのが気配でわかった。何を言われるのかわからなくて、胃がキリキリと痛み出す。

新井君は私の席まで来ると、「今日、どこか行くんですか？」と、少しイラ立ちを含んだ声で尋ねた。

「美保とちょっとね」

「俺も一緒にいいですか？」

「それは、ダメ」

間髪入れずに答える。

すると、新井君は美保に向かって「鈴木、今日俺も行っていいか？」と聞いた。

美保に目配せをしようとしたけれど、間に合わなかった。私たちの事情を知らない美保は、「ごめん。今日は合コンだから、また今度ね」と、正直に答えてしまった。

新井君の冷たい視線が私に突き刺さる。

「婚活ですか」

「……そうよ」

顔を見る勇気はなくて、パソコンの画面を見たまま答えた。

新井君はため息を一つつくと、「なるほどね」と低い声で吐き捨てるように言うと、自分のデスクに戻っていった。

集中力を切らしてしまった私は資料の完成をあきらめ、月曜日に早めに出社することにした。急いでデスクを片づけると、美保と会社を出た。

地下鉄の駅に向かう途中、美保が不思議そうに口を開く。

「新井君、不機嫌そうでしたね。断ったのがそんなに気に入らなかったのかな？」

「そう？　気づかなかったけど」

「そうでしたよ。何か最近変じゃないですか？」

「どこが？」

「うーん。元気がないというか、何か悩んでるというか。本人に聞いてみないとわかりませんけど」

そう言いながら、美保はバッグからスマホを取り出した。

「あ、原西さんたち、もう着いたみたいです」

これ幸いと、私は歩く速度を速め、新井君の話を打ち切った。

地下鉄に乗って天神駅で下車し、西通りを抜けて路地に入る。待ち合わせのお店は雑居ビルが立ち並ぶ一角にあった。

螺旋《らせん》階段で地下一階に下りる。洒落た感じの暖簾をくぐり、黒塗りの引き戸を開けて店内に入る。和風居酒屋と聞いていたけれど、チェーン店のような騒がしさはなく、照明は落とし気味で、通路には玉砂利。席はすべて個室で、しっとりお酒を嗜《たしな》む大人のためのお店という雰囲気だった。

その上品さに気後れしながら、店員さんに名前を告げると、すぐに奥の個室に通された。

「お待たせして申し訳ありません」

頭を下げながら個室に入ると、感じのいい男性二人が笑顔で迎えてくれた。

「いえ。こちらこそ先にいただいていて申し訳ないです。どうぞ、座ってください」

「失礼します」

上司と思われる男性に促されて席に着く。

ひとまず生ビールを注文し乾杯した後、簡単に自己紹介をした。美保の正面に座っている男性が原西さんで、もう一人が上司の堂林《どうはやし》さんだ。

堂林さんはラグビーでもやっていそうながっちりした体格をしていて肌も浅黒く、頼りがいのある男性がタイプの女性が好みそうな容姿をしていた。一方の原西さんは小顔で痩せ型のいわゆるアイドル系で、二人とも女性に困っているようには、とても思えなかった。

「医療機器メーカーにお勤めなんですか。お忙しいんじゃないですか？」

あまりジロジロ見るのも失礼だと思い、もらった名刺に視線を移す。

「外資系なんですよ。だから成果重視なぶん、競争は厳しいには厳しいんですが、こうしてわりと時間は自由が利くんですよ」

「本当に遅れてしまってごめんなさい。私の仕事の段取りが悪くて……」

もう一度、頭を下げると、堂林さんは「気になさらずに」と優しく微笑んだ。

「そんなことより、岡田さんはお酒、飲めるほうですか？」

「強くはありませんが、少しでしたら」

「そういう女性に限って、じつは強かったりしますよね。ここはお酒のメニューも充実していますので、よろしかったらお好きなものをどうぞ」

そう言って堂林さんは、飲み物のメニューを開いて私に差し出した。

悩んだ挙句、結局、二杯目も生ビールを頼んだ。甘めのカクテルのような、女性が好んで飲むお酒にしようかと考えたけれど、取り繕《つくろ》った自分を見せても意味がないと思ったのだ。

居酒屋とは思えない手の込んだ料理に舌鼓を打ちながら、お酒をほどよく飲んだ。堂林さんが話題を提供してくれるおかげで会話が途切れることもなく、それなりに楽しい時間が過ぎていった。

美保も原西さんと共通の話題で盛り上がっているようだった。今までに何度か会っているみたいだし、楽しそうな二人を見ているとお似合いでうらやましく思った。

私も堂林さんと恋ができるだろうか。堂林さんが私をどう思っているか別として、二人でいるところを想像してみたけれど、それは何だかぼんやりとしていて、まるで現実味を感じられなかった。

「あの二人のことが気になりますか?」

「え?」

不意に話しかけられて、堂林さんに視線を向けた。あの二人とは美保と原西さんのことだろう。

「仲がいいなと思って」話を合わせるようにうなずいて見せた。

「付き合っているわけではないようですけどね」

「そうなんですか?」

「原西は、気が合う飲み友達と言ってましたね」

「友達……」

美保から詳しい話は聞いていないけれど、実際のところはどうなのだろう。

私に二人きりで食事に行くような男友達はいない。だから、男女間の友情は成立すると思っていなかった。たとえば、どちらかが恋愛感情を持っていたり、またはふとしたきっかけで友情が愛情に変わったりすることも有り得るのなら、やはりそれは友情とは言えないような気がするからだ。

「次は何を飲みますか？」

私が持っていたグラスが空になったことに気がついた堂林さんが、飲み物のメニューに手を伸ばした。

「えっと、堂林さんと同じものを」

「これ日本酒ですけど、大丈夫ですか？」

「ええ」

日本酒は飲み過ぎると悪酔いしてしまうけれど、一杯ぐらいなら問題ないだろう。

堂林さんと同じ日本酒が運ばれてくると、改めて乾杯した。

「お酒が飲める女性はいいですね」

「でも、飲み過ぎると大変なことに……」

そこまで言うと、酔っ払って新井君に絡んだことを思い出して、私は目を伏せた。視界に堂林さんのネクタイが映る。目を合せられないのは、私に後ろめたい気持ちがあるからだろう。

考えないようにしているのに、頭の片隅に新井君の顔がちらついて離れない。今日の合コンを新井君に知られたくなかった。

　会話が途切れてしばらく無言でお酒を飲んだ。辛口のすっきりとした味わいが口の中に広がっていく。このペースで飲んでいては、酔っ払ってしまうかもしれないと、自分を戒めた時だった。

「岡田さんには、お話ししておきますね」

「はい？」堂林さんの真面目な声のトーンに顔を上げる。

「じつを言うと、僕はバツイチなんです」

「バツイチですか……」

「はい。二年前に離婚して、元妻のほうに五歳になる子供がいます」

　バツイチで子供がいる。そんな告白を妙に冷静に受け止めている自分がいた。堂林さんは素敵な男性だ。その印象は今の告白を聞いても変わらない。むしろ、独身の理由が腑《ふ》に落ちてすっきりしたぐらいだ。

「やはり、バツイチは気になりますよね？」

　苦笑する堂林さんに「いいえ」と首を横に振る。

「気になるのはどちらかと言えば、離婚の理由です。もし差し支えなかったら話していただけますか？」

　不躾《ぶしつけ》な質問だと思ったけれど、堂林さんなら正直に答えてくれる気がした。

堂林さんは「そうですね」といったん言葉を切って、日本酒に口をつけた。それから、再度私に視線を合わせると話し出した。

「妻も忙しく仕事をしていたので、擦れ違ってしまったのが原因だと思います。思いやりが足りなかったと気がついた時には、すでに修復不可能でした」

「そうですか。立ち入ったことを聞いてしまって申し訳ありません」

「いいえ、岡田さんには最初に話しておきたかったので」

それはどういう意味だろう。マイナス要素を話して遠まわしに断られているのか、それとも、その逆なのか。堂林さんの表情を見ても、そのどちらとも判断がつかなかった。

それからまた他愛もない話をし、会話が途切れたところで私はお手洗いに席を立った。玉砂利が敷き詰めてある通路を抜けて、スチール製の重厚なドアを押して中に入る。明るいトーンが落としてある照明の下では、肌が綺麗に見えて二割増しに美人に見える。明るいところで会ったら、がっかりされるんじゃないだろうか。そんなことを考えている自分が可笑しくなって、声を出さずに小さく笑った。

「ショーコさん」

手を洗っていると、美保がお手洗いにやってきた。

「なんだかいい雰囲気ですね」ニコニコと笑って美保は嬉しそうだ。

「そう見える？」

「違うんですか？」

「うーん。どうなんだろう」

苦笑いを浮かべると、美保は少し残念そうに眉を下げた。

「気に入りませんか？　堂林さん、素敵だと思うんだけどな」

「うん。私もそう思うよ。だけど……」

「だけど、何です？」

「ピンとこないというか」

「一回会っただけで判断するのはもったいないと思いますよ」

「そうだよね」

曖昧に返事をして美保と並んでグロスを塗っていると、「あれ？」と美保が素《す》っ頓狂《とんきょう》な声を上げた。

「新井君から電話だ」

「えっ？」

嫌な予感しかしなくて、私は固まったまま、美保の電話に聞き耳をたてた。

「もしもし、お疲れ様。うん、どうしたの？」

美保はいつもの調子で電話に出る。

「えっ？　ショーコさんの忘れ物？」

忘れ物って何？　スマホはあるし、お財布も持っている。忘れ物なんてしていないはずなのに……。

「ここに持って来るの？　でも、は？　あ、うん。わかった。お店の名前は……」

「電話代わって」

そう言って美保のスマホに手を伸ばしたけれど遅かった。

「切れちゃいました」

「そんな……」

こんなところに新井君に来られては困る。

「美保、悪いけど電話をかけ直して、新井君に持ってこなくていいと伝えて」

「あ、はい」

私の声からイラ立ちが伝わったのか、美保が慌てた様子で電話を折り返す。

「新井君、電話に出ません」

「貸して」

美保から奪うようにスマホを受け取ったけれど、呼び出し音が鳴り続けるばかりで新井君は電話に出ない。

「ショーコさん、どうしたんですか？　新井君と何かあったんですか？」

美保に嘘はつきたくないけれど、何をどう説明すればいいのかわからない。

黙っていると「ショーコさん、やっぱり何かあるんですよね?」と、美保が私の顔をのぞき込んできた。

どう言えばいいのだろう。最初は同情だと思った。でも、新井君と接しているうちに、それだけじゃないように思えてきて、私は怖くなったのだ。

健太郎のときと同じように、歳の差で苦しみたくない。あんな思いは二度としたくない。だから、新井君と距離を置いた。私が新井君を好きになる前に。新井君の本当の気持ちを知る前に……。何もなかったことにできるなら、それでいいと思ったからだ。

「美保、ごめん。私……」

自分の気持ちさえも整理ができなくて、上手く伝えることができない。

「言いたくないなら、これ以上聞きません。でも、いつか話してくださいね」

私を気遣う美保の言葉に、少しだけ救われた気持ちになりながら小さくうなずいた。

「じゃ、そろそろ席に戻りましょうか」

「そうだね」

席に戻っても、新井君がここに来るかもしれないと思うと気が気じゃなかった。堂林さんの話も全くと言っていいほど頭に入ってこなくて、堪えられなくなった私は、堂林さんが日本酒のグラスに口をつけたところで切り出した。

「大変申し訳ないのですが、急用ができたので私は先に失礼します」

「えっ？」

驚いたように目を見開いた堂林さんに、ごめんなさいと頭を下げる。

「この穴埋めは次にさせてください」

素早くバッグとコートを手に取って、美保と原西さんにも頭を下げた。

お財布からお金を出そうとすると、美保が「月曜日に」と声をかけてくれた。その言葉に甘えて席を立つ。

「岡田さん、駅まで送りますよ」

「いえ、大丈夫ですから」

「少し話もしたいので」

ここで押し問答して時間をロスしたくなかった。仕方なくうなずいて堂林さんと一緒に店を出た。居酒屋を出ると駅まで遠回りになるけれど、新井君に遭遇するのを避けるため、人通りの少ないほうの路地を選んで歩きだした。

「あの、タクシーで帰るので、送っていただかなくても大丈夫ですよ」

「岡田さん」

「はい」

「急用なんて嘘でしょ？」

思わず立ち止まる。急用ができただなんて、その場を去るための口実以外の何物でもないことに、堂林さんが気づかないわけがない。

「……ごめんなさい」

「素直に謝られると、ちょっと傷つくな」

苦笑いする堂林さんに、心から申し訳なく思う。

「今日は少し飲み過ぎてしまって」

苦し紛れの言い訳をしていると、不意に堂林さんが私に近づいて、顔をのぞき込んだ。

私は息を止めてその瞳を見つめ返す。

すると、堂林さんはいったん目を伏せ、一つ息を吐くと、再度、私の目を真っすぐに見て言った。

「もし、岡田さんがイヤじゃなかったら、また会ってもらえませんか?」

堂林さんは素敵な男性だと思う。〝はい〟とうなずけばいい。バツイチや子供がいることも、さほど気にならない。何度か会ってお互いを知っていけば、きっと好きになれるはずだ。

それなのに、何が私をためらわせるのだろう……。

いや、理由なんてとっくにわかっている。わかっているけれど認めたくないだけだ。

もっと早く堂林さんに出会えたらよかった。そうすれば、私が望む恋愛ができたかもしれない。

堂林さんから目を逸らして「ごめんなさい」と言いかけた時、「ショーコさん！」と私を呼ぶ声が聞こえた。

堂林さんと一緒にいるところを見られてしまったことに、泣きたいような気持ちになって振り返ると、そこには息を切らしながら近づいてくる新井君の姿があった。

髪は乱れていて、手にはビジネスバッグの他に、会社のロゴが印刷されたＡ４サイズの茶封筒が握られている。新井君は私と堂林さんの間に割って入ると、「これ、忘れ物です」と、その茶封筒を私に押しつけた。

「忘れ物って……」

「ないと困るはずです」

「えっ？」

中身に見当もつかなかった。気になって茶封筒を開きかけた時、新井君が堂林さんに向かって「ショーコさんは俺が送って行きます」と言い放った。

「新井君！」

突然勝手なことを言われ、私は彼のコートの袖を反射的に掴んで引っ張った。

でも堂林さんは動じた様子もなく、私に視線を向ける。

「岡田さん、彼は？」

「会社の後輩なんです」

慌てて答えると、堂林さんは私と新井君を交互に見てため息をついた。

「いろいろ事情があるのはお互い様です」

「……すみません」

「ですが、一度僕とのことを考えてみてください」

迷うまでもなかった。すでに答えは出ている。ただ、それをこんなカタチで思い知るとは想像もしていなかった。

「私は……」

「岡田さん、ここで返事をしないで。連絡、いつまでも待ってますから」

堂林さんは私だけを見て、「ではまた」と言って、来た道を戻っていった。

私はその姿を無言で見送りながら、何一つ、正直な私の気持ちを伝えていないことを後悔した。バツイチや子供のことを最初に話してくれたのは堂林さんの誠意だ。それなのに、私の態度はそれに見合うものではなかった。

そして、このタイミングで現れた新井君とどう向き合えばいいのか、自分でもわからなかった。戸惑いがイラ立ちとなって、言葉に変わる。

「何しに来たの？」

「ずいぶんな言い方ですね」

新井君は私の態度が気に食わなかったのか、眉間にシワを寄せて私を睨んだ。

「送ってくれなくていいから。それに、これ何？」

茶封筒の中を見てみると、そこにはＡ４サイズの白紙のコピー用紙が数枚入っているだけだった。

「意味がわからない」

「俺にもわかりません」

「何、それ」

「ただ一つわかったのは、他の男にショーコさんを取られるのはイヤだってことです」

「……」

〝いい加減してよ〟と、声を荒げてしまいそうになるのを堪えたのは、新井君が真剣な瞳で私を見つめていたからだ。

「俺じゃ、ダメですか？　俺じゃ、恋愛の対象になりませんか？」

「それは……」

好きだという想いだけでは付き合えない年齢だと身を持って知っている。それに、社内恋愛はもうしないと決めたはず。新井君は会社の後輩なのだ。

心を揺らさないように、握りこぶしに力を込めて新井君を見た。

「……ごめん。新井君とは付き合えない」

「何でですか？　俺が年下だから？　年齢ってそんなに重要ですか？」

「重要だよ。新井君は結婚について真剣に考えたことある？　二十六歳だとまだまだ先だと思ってるでしょ？」

　私は違う。すぐそこにある現実なのだ。

「正直に言えば、今すぐ結婚と言われてもピンときません。でも、俺は本気でショーコさんのことを幸せにしたいと思っています」

「新井君……」

　今すぐ結婚したいなら、お見合いをするべきなのだろう。でも、私は恋がしたい。そして、愛されたい。そう願うのは贅沢なのだろうか。

　私の迷いを感じ取ったのか、新井君が一歩私に近づいた。

「ショーコさんが好きです。そして、ショーコさんの気持ちも俺と同じだと信じています」

「どうして私の気持ちがわかるの？」

「キスすればわかります」

「それは、新井君が強引に……」

「でも、ショーコさんはいつも逃げない」

　新井君は一瞬だけ、強気な笑みを見せた。それから、真顔になって私の手を取ると「一緒に帰りましょう」と言った。そして、いつかと同じように恋人繋ぎで手を繋いだ。

力強く握られた手に心が揺さぶられる。新井君の気持ちを信じてもいいのだろうか。先のことは誰にもわからない。だとしたら……。

流されてしまいそうになる自分を必死に抑える。健太郎と別れて何年も引きずったあの痛みを忘れたわけじゃない。もう傷つきたくない。あんな想いは二度としたくない。

「やっぱり、ダメよ……」

新井君の手を振りほどいて逃げるように後退った。けれど、新井君は怯《ひる》まずに私の腕を掴んで引き寄せると、さらに熱い想いをぶつけるように言葉を続けた。

「ホテルに行った夜、本当はショーコさんを抱きたかった。それを必死になって我慢したのは、身体じゃなくてショーコさんの心が欲しかったからです」

「やめて……」

声が頼りなく震える。これ以上聞けば、きっと拒めなくなる。

「ショーコさん、俺を見て」

言われるままに顔を上げ、彼の瞳を見つめる。新井君の手が私の頬にそっと添えられ、当然のように唇が重なった。

ああ、本当だ……。今、私は新井君のキスから本気で逃げようとしなかった……。

気がつけば、抱きしめられていた。私も新井君の背中に腕を回して、熱い抱擁《ほうよう》に応える。もう周りのことも見えなかった。ただ、求められるまま、再び降ってきたキスを受け止めた――。


私のマンションに到着すると、「降りる？」と聞くまでもなく、新井君は一緒にタクシーから降りてきた。車中では会話こそなかったものの、ずっと手は繋いだままだった。お互い言葉を交わさなかったのは、これから起こる甘い時間を意識しているからだろう。エレベーターに乗っている間も、新井君は私を直視しようとしなかった。

「あれ？」

新井君の緊張が私にも伝わって、ドアの鍵穴に鍵を差し込むこともままならない。見かねた新井君が、私の手からキーケースを取った。そして「本当に世話が焼ける」と言いながらドアを開けると、少し乱暴に私を玄関に押し込んで照明を点けた。

明るくなった玄関で新井君と向き合うと、その瞳の熱量に怯みそうになる。

「新井君……」

口を開いた瞬間、新井君は私を壁に追い詰めるように、私の両脇に手をついた。その威圧感に言葉を発せられない。新井君が長身の身体を少し屈められて私を見下ろす。その瞳が妙に色っぽくてめまいがしそうだった。

やがて、新井君の端整な顔が近づいてきて、私はそのときを待って瞳を閉じた。新井君の吐息が頬にかかる。それなのに、いくら待っても私の唇に何も触れない。焦《じ》れて目を開けると、新井君が私から離れていくところだった。

途端に不安になって、どうしたの？　と瞳だけで問いかける。すると、新井君は切なそうに瞳を揺らし、「ショーコさんの気持ちを聞かせて」と掠れた声で言った。

いまさらこの状況で、私にどんな言葉を言わせたいのだろう。

「言って」

強い口調で迫られて、私の口から出てきたのはとてもシンプルな言葉だった。

「……好き」

そう、私は彼が好きなのだ。言葉にして伝えると、その想いがいっそう強くなった気がした。社内恋愛は二度としないつもりだったのに、いつの間にか好きになっていた。

「新井く……」

今度は名前を呼ぶ前に唇が重なった。最初は優しく触れるだけのキスが、何度も角度を変えて、次第に激しくなっていく。やがて、新井君の舌が私の唇を強引に分け入った。舌を吸われると頭の中がぼんやりして、身体から力が抜けていく。一人で立っていられなくなり、新井君のスーツのジャケットにしがみついた。

「もう止められない」

苦しそうに吐き出した新井君の言葉に胸の奥が熱くなる。見上げた先の黒い瞳が愛しそうに細められて、その続きがたまらなく欲しくなった私は、爪先立ちになって自分からキスをした。

もつれ合うようにしてベッドまでたどり着くと、新井君のネクタイを抜き取ってワイシャツのボタンを外した。

貪《むさぼ》るようなキスをしながら、お互いの服を取り除いていく。下着姿のまま抱き合うと身体が密着して、一気に体温が上がったような気がした。

「ショーコさん」

名前を呼ばれて、間近で見つめ合う。彼の手が私の頬に添えられたかと思うと、ゆっくりと唇が重なった。やがて背中に回された彼の手が器用に下着のホックを外し、それを取り去った。彼の視線が私の裸の胸に注がれる。

部屋の照明は落としていたけれど、直視されるのはさすがに恥ずかしくて、その視線から逃れるために身体をよじった。

「そんなに見ないで」

「見ないとできない」

腕をとられ、引き寄せられると、そのままベッドに押し倒された。私を見下ろす彼の瞳が欲望で揺らめいている。その視線に晒《さら》されていると思うだけで心拍数が上がって、息が苦しくなる。

「新井君……」

焦らさずに早く触れてほしい。溶け合って深いところで繋がりたい。新井君の愛情をもっと感じたくて涙目で睨むと、彼は困ったように「優しくする自信がない」とつぶやいて、私に覆いかぶさってきた。

新井君は指と舌で私の身体をなぞると、時折甘い吐息を漏らす。もうそれだけで、涙が出そうなほど嬉しかった。

彼に触れられた箇所が熱を持つ。やがて、それは身体の奥まで侵して、次第に何も考えられなくなった。指と指を絡めて揺れながら、激しさを増す愛撫に身を委《ゆだ》ねて、私は何度も仰け反ってその愛に応えた。


誰かに名前を呼ばれたような気がして、重たいまぶたをかすかに開けた。

今、何時だろう……。

時刻を確認しようと、時計に手を伸ばしかけた時、隣に人の気配を感じ、驚いて目を見開いた。私の視界に映ったのは無防備に微笑む新井君の顔だった。

「起こしちゃいました？」

「なっ……」

軽くパニックになって、慌てて背中を向ける。

そうだった。昨夜、新井君と一緒に帰ってきて、私は……。

「ショーコさん、こっち向いて」

「無理」

「どうして?」

「恥ずかしいから」

「何をいまさら」

新井君がからかうように笑いながら言う。

たしかに〝いまさら〟だけど、ブランケットの中は素裸だ。きっと新井君だってそうだろう。その状態で振り向けるはずがない。

身体を縮こまらせていると、背中から強引に抱きしめられた。剥き出しの腕に抱かれていると、昨夜の出来事が鮮明に思い出されて、ますます恥ずかしさが込み上げてくる。

新井君にしがみついて自分からキスもしたし、甘え声で「もっとほしい」と何度もねだった。きっと呆《あき》れさせたに違いない。

「ショーコさんって、耳、弱いよね」

新井君の吐息を首筋に感じ、身体がビクンと反応する。

「ヤダ、やめて」

　身体をよじると、さらに強い力で抱きしめられた。より素肌が密着して、腰の辺りに固くて熱いものが当たった。

「新井君、す、少し離れて」

「どうして？」

　ふざけているのか本気なのか、新井君は自分の身体を私にこすりつけてくる。その反応した身体の一部が、昨夜の情事を生々しく思い出させて、私をひどく慌てさせた。

　そんな私の様子を面白がっているのだろう。新井君は身体を密着させたまま、今度は私の耳たぶを軽く噛んだ。

「やっ……」

　ゾクゾクとした感覚が背筋を這い上がってきて、甘ったるい声が漏れる。

「本当にやめて」

　身体を強張らせて抗議しても、効果はなかったようだ。新井君は私の首筋に額を擦りつけながら、「じゃあ、こっち向いて」と妙に色っぽい声で囁いた。

　新井君のこんな声を聞いたことがない。心拍数が一気に跳ね上がって、身体が火照る。

「抱きたい」

「……うん」

　もう抗《あらが》えなかった。身体を反転させるとすぐに濃厚なキスが降ってきた。そして、狭いベッドの中で、重なり合うようにして強く抱きしめ合った——。

そのまましばらく、他愛もない話をしたり、まどろんだりしながら、ベッドで過ごした。

「一度家に帰って着替えたら、夕方迎えに来ます」

心地よい倦怠感《けんたいかん》に身を任せて瞳を閉じていた私は、ゆっくりとまぶたを持ち上げて新井君を見上げた。

「夕方？」

「どこか食事にでも行きましょう。何か食べたいものはありますか？」

「そうだね、何がいいかな」

新井君の腕に抱かれたまま、考えるフリをして瞳を閉じる。

「ショーコさん」

「うん？」

「わかってますよね？」

「何が？」

「俺がショーコさんに惚れてるってこと」

一度抱かれただけでは、まだ信じられなかった。けれど二度目に抱かれた時、その息遣いや肌の温もりから優しさと愛情が伝わってきて、新井君を心から信じてみたいと思えた。

「うん。わかってる」

顔を綻《ほころ》ばせながらそう答えると、私は彼の手に自分の手を重ねて短いキスをした。

月曜日のお昼休みの定食屋。興奮気味の美保は私と新井君を交互に見ると、手に持っていたグラスを少し乱暴にテーブルに置いた。

「で、いつから付き合ってたんですか？　私にもちゃんとわかるように説明してください」

「えっと……」

どこから、どう話せばいいのだろう。困って視線を彷徨《さまよ》わせていると、美保が盛大なため息をついた。

「私が知らないところで二人はイチャイチャしていたワケですね」

「別にしてないだろ」

「してるじゃない」美保が新井君を鋭く睨む。

私はあんな帰り方をしてしまったし、忘れ物を届けに来るはずの新井君もお店に顔を出さなかったのだから、美保が怒るのは当然だと思っていた。だけど、まさか新井君と二人揃って定食屋に連行され、問い詰められるとは思っていなかった。

「だいたいショーコさんも新井君と付き合っているのに、どうして私の話に乗ったんですか」

「その時はまだそういう関係じゃなくて」

「じゃ、どんな関係だったんですか？」

どんな関係と言われても答えに困ってしまう。説明したくても、説明のしようがなくて、苦笑いでごまかすのが精いっぱいだった。そうしているうちに注文していた定食が届いて、そこで美保はようやく大人しくなった。

少しホッとしながら、日替わり定食のチキンカツを口に運ぶ。どうにか美保に機嫌を直してもらいたいけれど、いいアイデアが浮かばない。

黙々と食事をする中、美保がつぶやいた。

「私、ショーコさんに隠し事をされていたことがショックでした」

「……ごめんね」

たしかにそうだろうと思う。社内で一番親しくしている彼女に相談もせず、問い詰められて白状するカタチになってしまったのだから、いい気分がするわけない。もし逆の立場だったら、私もショックだったと思う。

「でも、相手が新井君なら、私に言いづらいのもわかります」

「うん」

「だから、もういいです」

「金曜日はごめんね」

そう言うと、美保は箸を休めて私を見た。

「あの後、堂林さんがお店に戻って来たんですよ」

「堂林さん、何か言ってた？」

尋ねると、美保は一瞬間を置いて、「黙々と日本酒を飲んでました」と答えた。

「堂林って、ショーコさんを口説こうとしていたあのオッサン？」

「堂林さんに会ったの？」

美保の視線が再び鋭くなって新井君に向けられた。

「別にどうでもいいだろ」

これ以上美保に追及されるのが嫌だったのか、新井君は急いで食事を済ませると、「先に戻ります」と言って定食屋を出て行った。

「あー逃げられた」

美保は半分笑いながら、半分悔しそうに新井君の背中を目で追った。二人で話をするほうが楽だと私が思った途端、美保の目が怪しく光った。

「これでゆっくり話せますね、ショーコさん」

「……っ」

自分が悪いとはいえ、これ以上は勘弁してほしかった。

「でも、まぁ、よかったじゃないですか」

「……うん。ありがとと」

私が堂林さんと居酒屋を出てから新井君と遭遇したところまで話すと、美保はその後の展開を察したように話を切り上げた。そして、小さく息を吐くと、寂しそうな顔をしてうつむいた。

「どうしたの？　元気ないみたいだけど。原西さんと何かあった？」

詮索するのはどうかと思ったけれど、つい原西さんの名前を出してしまった。

「どうして原西君の名前が出てくるんですか？」

「彼のことが好きなんじゃないの？」

「違いますよ。原西君は純粋に飲み友達です。気も合うし、一緒にいて楽しいけど、向こうにはちゃんと彼女がいるし」

「そうなんだ」

合コンの時のやりとりを見ていると、美保と原西さんはすごくお似合いに思えた。だから、てっきり付き合っているのか、その一歩手前なのかと思っていたけれど、堂林さんが言うように違ったらしい。

だとしたら、美保に元気がないのはなぜだろう。私と新井君のことがショックだったことだけが原因とは思えない。

そんな疑問を口にする前に、美保が時計を見た。

「ショーコさん、もう行かないと。メイク直しの時間がなくなっちゃう」

「本当だ、急がなきゃ」

慌てて席を立つと、お会計を済ませて会社に戻った。

簡単にメイクを直してデスクに戻ると、新井君はすでに仕事を始めていた。

ついその真剣な横顔に魅入ってしまう。イケメンって美保は言っていたけど、割り引いて見てもそうだなと思う。私が知らないだけで、きっとモテるに違いない。

小松さんのこともあるし、ちょっと心配だ。そんなことを考えていると、不意に新井君と目が合い、「後で話しましょう」というように私に目配せをした。

うなずいて仕事に取りかかると、「もう！　何ですか、そのアイコンタクト」と美保が私だけに聞こえるように突っ込みを入れてきた。

「それにしても、鈴木ウザかった」

私の部屋のソファを占領して、新井君が悪態をつく。

「お昼の時の新井君、凄い嫌そうな顔してたよ」

金曜日に居酒屋に美保を置き去りにしてきたのだから、何を言われても仕方ないと思うけれど、それを言うとますます機嫌を悪くしそうなので、私は出かかった言葉をのみ込んで微笑んだ。

「何か言いたそうですね?」

「ううん、別に。それより、もうご飯にしていい?」

「そうですね。お願いします」

キッチンで、昨夜作っておいたカレーを温める。

今日は七時過ぎに一緒に会社を出て私の部屋に帰ってきた。金曜日だけじゃなく、土曜日も新井君は私の部屋に泊まった。頻繁に泊まるつもりなのか、新井君は部屋着まで持参してやって来た。お互い一人暮らしなわけだし、これから私の荷物も新井君の部屋に少しずつ増えていくだろう。それは、きっと自然なことだと思う。

だけど、まだ戸惑いを隠せない。まさか、新井君と短期間にこんな関係になるとは想像もしていなかったから、自分の気持ちについていけてないし、目の前の現実に実感がわかないのだ。

「あっ、またため息」

「え?」

新井君がいつの間にか真後ろに立っていて、驚いて振り返った。

「気配を消して近づかないでよ。びっくりするじゃない」

抗議しても新井君は意に介さず、会社では見せないような柔らかな表情で微笑む。

「んー。美味しそう」

そう言って、甘えるように背後から抱きしめられる。新井君の体温が伝わってきて、身体の力が抜けそうになる。

「ちょっと、新井君」

お腹に回された新井君の手を振りほどこうとすると、今度は私の肩に顎を乗せて顔を傾ける。

至近距離で新井君に顔を見られていると思うと、一気に頬が熱を持つ。ここ数日間の不摂生で肌がひどいことになっていると思うから、あまり見てほしくはなかった。

「俺も何か手伝います?」

「ここはいいから、テレビでも観てて」

「わかりました」

私の気持ちを知ってか知らずか、軽く頬に触れるだけのキスを残して、新井君はリビングに戻っていった。

カレーとサラダ、コンソメスープをテーブルに並べ、「いただきます」と二人で仲良く手を合わせた。

今日のカレーは玉ねぎとキノコたっぷりのゴロゴロ豚肉カレー。料理番組で作っていたものをマネてみたのだけど、新井君は気に入ってくれるだろうか。

「どう?」

「カレーもスープも美味いです」

「よかった」

ホッとして、私もカレーを口に運ぶ。市販のルーで作ったから、特別手が込んでいるものではないけれど、喜んでくれると素直に嬉しい。

新井君は「お代わりしてもいいですか?」と、あっという間にお皿を空にした。

お皿を受け取ってカレーをよそう。ご飯をたくさん炊いておいてよかったと思いながら、冷蔵庫にスライスチーズがあったことを思い出した。

「新井君、カレーにチーズ乗せる?」

「それいいですね。お願いします」

「了解」

新井君が子供みたいに笑うから、私まで思わず笑顔になる。

こんな少しドキドキしてほっこりするような感覚を、ずっと忘れていたような気がする。二年もの間、一歩も動けずにいたけれど、もっと前向きになって素敵な女性になれたら、そのときは私が望む未来が見えてくるのかもしれない。

「ショーコさん、今日泊まっていいですか?」

「えっ？　今日も泊まるの？」

新井君の言葉に驚いて顔を上げた。新井君は土曜日も泊まって、日曜日の午後に自分の部屋に帰っていった。それなのに週初めの月曜日から泊まるなんて、さすがに節度がないような気がする。

「マズイですか？」

「うーん」

どう伝えるべきか考えてしまう。付き合い始めたばかりで、今が一番盛り上がっている時期だ。私だって新井君と一緒にいたいと思うけれど、その反動が怖くて仕方がなかった。

健太郎のときと同じように、一気に燃え上がって、あっという間に冷めてしまうようなことは繰り返したくない。この恋は慎重に進めていきたかった。

「まだ月曜日だよ？」

「月曜日はダメなんですか？」

「そうじゃないけど……」

新井君が寂しそうに瞳を揺らすから、それ以上何も言えなくなった。

私の不安は新井君に伝わっているだろうか。説明するべきなのかもしれないけれど、まだ恋に後ろ向きな私の気持ちを知られて、がっかりされたくなかった。

「ショーコさんに甘えて、この部屋に入り浸るつもりはありません。だから、今日だけ」

いいでしょ？　と言いたげな目で見つめられて、もう断ることはできなかった。

「じゃ……今日だけね」

「平日はこれきりにします。でも、週末はＯＫですよね？」

「うん。もちろん」

食べ終わった食器を片づけると、二人でバラエティ番組を観ながらお腹を抱えて笑った。

「私ね、この人たち好きなの」

テレビに出ているお笑い芸人のコンビを指差すと、新井君は不思議そうな顔をする。

「なかなかマニアックですね？」

「そう？　面白いと思うけどな」

年に一度のお笑い日本一を決める番組では決勝まで残っていたし、その後もテレビでよく見かけるようになった。だから、そこそこ人気はあると思うのだけれど、どうやら新井君の趣味ではないらしい。

「ショーコさん、唇が尖ってますよ。アヒルみたい」

「んんっ？」

横から伸びてきた指が私の唇をつまんだ。びっくりした私は「やめてよ」と、新井君の肩を叩く。

「痛いじゃないですか」

二人掛けのソファでジタバタ暴れていると、身体が妙に密着して、気がつけばソファに組み敷かれていた。

「……ぁ」

私を見下ろしていた新井君の瞳が急に熱を帯びて、私を堪らなくドキドキさせる。

「新井君？」

急に黙らないでほしい。まだ恋愛初期特有の甘ったるい雰囲気に慣れていない私は、落ち着かない気持ちになってしまう。

「ショーコさん、ドキドキしてる？」

「なっ⁉」

「顔が真っ赤です。すごくカワイイ」

「と、年上をからかわないの」

むくれた私を見て新井君はクスクスと笑った。それから「時間も遅いし、そろそろお風呂入って寝ましょうか？」と言って私から離れていった。もうそんな時間なのかと思いながら時計を見る。

時刻は十時を過ぎたところだ。二人で交互にお風呂に入って、寝る準備をしていたらちょうどいい時間になる。それに、すぐには寝られないだろうから……。

これからの甘い時間を想像して、頬が熱くなるのを感じた。

「先にお風呂入ってきてください」

「うん」

新井君に促されて着替えを用意すると浴室に向かった。バニラの香りがするボディソープで身体を洗いながら、新井君も同じ香りになると想像したら少しだけ笑えた。

あまり待たせるのもどうかと思い、さっと身体を洗い流してお風呂を出る。

「新井君、お風呂どうぞ」濡れた髪をタオルドライしながらリビングに戻った。

「急いで入ってきます」

「いいよ、ゆっくりで」

新井君がお風呂に入っている間に、髪を乾かして明日の準備をする。いつもよりも早めにアラームをセットして、新井君がお風呂から戻って来るのを待った。

新井君が戻って来ると、二人で寝るには狭いベッドで寄り添うように横になった。新井君は窮屈《きゅうくつ》じゃないだろうか。そんなことを考えているうちに、甘いキスが降ってきた。

私はキスを受けながら、手探りで照明のリモコンを探す。やっと見つけたと思ったら、その手を新井君に押さえられてしまった。

「えっ？」

「消させない」

「な、何を言ってるの」

またいつもの冗談かと笑い飛ばそうとしたけれど、見下ろしている表情は真剣そのものだった。明るい部屋で抱かれることを想像すると羞恥心がわきあがってきて、私は激しく動揺した。

「ショーコさんをもっと見たい」

「やめて」

「どうして？」

「恥ずかしいからに決まってるでしょ」

私が必死になって抗議しても新井君は動じない。それどころか、「もっと恥ずかしいことをしてるのに？」と不敵に微笑んで見せた。

「絶対にダメ。照明を落とさないなら、もうしない」

意地悪な言い方に腹を立てた私は、新井君を突き飛ばして背中を向けた。

ベッドの中で激しく乱れたのは事実だけど、それは新井君が私をひどく責め立てたことが原因なのだ。

すると、新井君は私からリモコンを取り上げて照明を落とすと「ごめん。機嫌直して？」と甘い声で囁き、私の頬にキスをした。

女の扱いに慣れている。そう感じるのは、新井君の言葉や指の動きが私に彼の過去の恋愛を連想させるからだ。

付き合っていても、お互いのことを百パーセント知る必要はないと思っているのに、どうしても気になってしまう。それは自分に愛される自信がないからなのか、それとも別の理由があるからなのか。幸せの影に潜んでいる不安が頭をもたげそうになった時、新井君が動きを止めて私の顔をのぞき込んできた。

「考え事なんて、余裕だね」

「えっ？」

慌てて言い訳をしようとしたけれど遅かった。新井君は私の身体を押さえつけると、そのまま舌を下へと這わせていった。

「待って」

「待たない」

「嫌、やめて」

「何も考えられなくするから、覚悟して」

次の瞬間、私の脚を大きく広げ、私が止めるのも聞かずに一番敏感な部分を舌で愛撫し始めた。

「新井くん……いやっ」

悲鳴のような声が出そうになって、身体を反転させて、とっさに口を手で押さえた。熱い吐息を背中で感じていると、新井君は私の腰を持ち上げて、後ろから強引に身体を繋げた。

「ああっ……」その衝撃に頭の中が真っ白になる。

「ショーコさん、声我慢しないと隣に聞こえるよ」

その冷静な声が腹立たしくて身体をよじって睨みつける。すると、新井君が薄暗闇の中で笑ったのが見えた。

悔しい……。心も身体も溶かされて、どこまでも新井君に堕ちていく。なけなしの理性で自分をセーブしようと努力しているのに、新井君はそれを嘲笑《あざわら》うかのように甘い言葉と刺激で私を追い詰める。

好きになり過ぎてはダメだ。いつかのように傷ついたら、今度こそ立ち直れない。わかっているのに自分ではコントロールできなくて、執拗に揺さぶられ、そのまま果てると、私は深い眠りに落ちていった。

どれぐらい眠っていたのか、物音がして目が覚めた。

重たいまぶたを持ち上げると、新井君が着替えているところだった。そうだ。新井君は昨夜も泊まったのだ。

ぼんやりその様子を見ていると、新井君が私の視線に気がついて振り返った。

「すみません、起こしちゃいました？」

まだ覚醒していない頭を軽く振る。私はいつの間に眠ってしまったのだろう。もしかして、あのまま……。

自分の身体に触れてみると、下着すら着けていなかった。

「キャッ！」また終わった後、すぐに眠ってしまったらしい。

「どうしたんですか？」

「べ、別に何でもない」

私のことを不思議そうに見つめる新井君を無視して、身体にブランケットを巻きつける。そして、散らばった衣類を掻き集めた。

「起きるには、まだ早いですよ」

「今何時？」

「六時を少し過ぎたところです」

たしかにいつも起きる時間よりも一時間ほど早い。だけど、シャワーも浴びたいし、二度寝すると遅刻してしまいそうだ。

「いいよ、私も起きる」

ベッドの中で下着を着けて、頭からパジャマ代わりのスウェットのワンピースをかぶった。

「コーヒー淹れるけど、飲んでいく？」

「あ、いや。もう行きます。グズグズしていると部屋から出られなくなりそうなんで」

「そうだね……」

新井君の言葉で、昨夜の余韻が残っている身体がわずかに熱を持つ。

それを悟られないように、キッチンに逃げ込んで自分の身体を抱きしめた。まだ数えるほどしか抱かれていないというのに、私の身体はすっかり新井君に馴染んでいる。これから先、私はどうなってしまうんだろう。

そんなことを考えながらお湯を沸かしていると、新井君がキッチンに顔を出した。

「じゃあ、行きますね」

「あ、待って」

玄関まで新井君を見送りにいく。ほんの一週間前まで、新井君が私の部屋に泊まることなんて考えもしなかった。何だかくすぐったい感覚に、自然と口元が緩んでしまう。

「忘れ物は、大丈夫？」

靴を履いている新井君の背中に声をかける。

「大丈夫です」振り向く新井君の前髪がサラリと揺れる。

「じゃあ、また後で」

その柔らかな笑みに、私まで笑顔になる。

「うん。二時間後に会社で」と小さく手を振った。

そのまま新井君はドアノブに手をかけると、何かを思い出したように、動きを止めた。

「どうしたの?」

「いや……」

新井君は私に顔を向けると、一瞬恥ずかしそうに目を伏せて、それからもう一度私を見た。

私が「何?」と口を開きかけた時、その唇に触れるだけの優しいキスが落ちてきた。

「行ってきます」

「……」

固まったままの私に、「なんてね」と新井君が照れたように笑う。それにつられるように、私の顔も熱くなる。

「いってらっしゃい」

「ショーコさん」

「ほら、早く戻らないと遅刻するよ」

真っ赤な顔を見られるのが恥ずかしくて、新井君の背中を押して玄関から追い出した。

いつもより少しだけ早く出社すると、私が所属する営業三課はまだ誰もデスクについていなかった。

始業より三十分も早いのだから、当然と言えば当然だ。パソコンの電源を入れ、メールをチェックしながらみんなの出社を待った。

届いていたファクスを仕分けしていると、新井君より先に美保が出社してきた。

「おはようございます」

「おはよう」

「新井君、まだ来てないんですか?」

「うん。そうみたい」

「さすがに時間はずらしますよね。いいな、楽しそうで」

「ちょっと美保」

小声で威嚇《いかく》して、美保のそばに椅子ごと擦り寄った。

「新井君のことは内緒にしてほしいの。仕事に支障が出たら困るし、変に気を遣われるのもイヤだから」

そう言うと美保は、「安心してください。それぐらい私だってわかってます」と笑顔を見せると、自分のデスクに着いて仕事の準備を始めた。

軽くあしらわれたような気がしたけれど、根掘り葉掘り聞かれるよりはマシだと思って、私もそのまま仕事に戻った。

ファクスの仕分けを終えると、デスクに戻って一日の段取りを頭の中で組み立てる。今日はトラブルでも発生しない限り残業にならないだろう。

早速、資料に目を通し始めてしばらくすると、「おはようございます」と新井君の声がした。

顔を上げると、新井君と目が合った。何だか照れくさくて、お互い表情が緩む。

「お、おはよう」

「ショーコさん、おはようございます」

私たちの様子を見ていた美保がクスクスと笑い出した。その笑い声も気にならないぐらい、私の胸は高鳴っていた。


それから二週間ほど経った平日の夜、私は一足早く会社を出て、新井君を夕食に招待していた。

昨夜一晩煮込んで、日中寝かせておいたビーフシチューと、サーモンマリネとタコとベーコンのアヒージョ、それに会社帰りにデパ地下で買ったお惣菜をいくつかテーブルに並べて、シャンパンで乾杯した。

「ショーコさんって、料理上手ですよね」

アヒージョのタコを食べながら新井君が言う。

「そうかな?」嬉しくて思わず笑顔になる。

仕事が早く終わった日は、節約を兼ねて自炊をするようになった。料理本を買ってレシピを増やしているのは内緒にしている。

「なんか今日の料理はすごいですね。シャンパンまで用意して何かあったんですか?」

「えっと、実はね……」

戸惑いながら「今日、私の三十二歳の誕生日なの」と打ち明けた。

すると、新井君は目を見開いて、「そんな大事なことをどうして黙ってたんですか?」

と少しムッとしたように、シャンパングラスをテーブルに置いた。

「言うタイミングがなくて……」

それに三十歳を過ぎると、自分の誕生日であっても二十代の頃のような嬉しさより、気恥ずかしさのほうが勝《まさ》ってしまう。だから、打ち明けなかったことで新井君が気分を害するとは考えもしなかったのだ。

「ごめんね。別に深い意味があったわけじゃないんだけど」

「今日は、俺にとっても大切な日です」

「うん……」その言葉に心の中で〝ありがとう〟とつぶやいた。

「プレゼントは何がいいですか?」

「いらないよ」と繰り返す私に、新井君はダメですと言って譲らなかった。

「じゃあ……毎日着けられるアクセサリーがいいな」

「わかりました」

〝指輪がほしい〟と出かかったのを、すんでのところでのみ込んだ。

私たちはまだ始まったばかりだというのに何を焦っているのだろう。彼に私の気持ちは伝えたし、彼だって理解してくれているはずだ。だから私は新井君を信じて、ゆっくりそのときを待てばいい。

それでも膨らんでしまう期待に苦笑しながら、もう一度シャンパングラスを手に取ってグラスを合わせた。

昨夜から煮込んでいたビーフシチューは、自分ながらよくできたと思う。新井君も気に入ってくれたようで、鍋ごと食べる勢いで平らげて、バケットもほぼ一人で一本食べてしまった。

「ケーキはどうする？　もう少し後にする？」

「大丈夫です。たくさんは無理ですけど」

さすがに若い。少しだけうらやましく思ってしまう。

「コーヒーでいい？」

「俺が淹れますよ」

「いいよ。座ってて」

そう言ったのに、新井君はキッチンまでついてきた。私が「手伝うことなんて、何もないのに」と笑いながら言うと、背後から抱きしめられた。

「き、急にどうしたの？」

「ショーコさん」耳元で囁かれる名前に鼓動が速くなる。

「誕生日おめでとう」

「……それ、さっきも聞いたよ」

「もう一度、言いたくて」

「ありがと」

新井君の香りに包まれていると、つい甘えてしまいそうになる。でも、そんな夢心地の時間はそう長く続かないことを私は身を持って知っている。人の気持ちは、いつも不確かでカタチを変えてしまうものなのだ。だからこそ、今の時間を大事にしたい。

「新井君……」

「何？」

「好き」

「ショーコさんこそ、急にどうしたんですか？」

「言いたくなっただけ」

新井君は照れているのか、何も言わずに私の頭に顎を乗せると、グリグリと左右に揺らした。

「ちょっと、痛いじゃない」

「ごめん、ごめん」

抗議の声を上げた私に、新井君はふざけた調子で返事をした。それから、何か思い出したように言葉を続ける。

「ショーコさん、さっきの博多弁で言ってみてよ」

「イヤだ」

「いいじゃないですか。誕生日なんだし」

「新井君のじゃなくて、私の誕生日でしょ？」

「言って」

抱きしめられた腕の力が強くなる。まるで、私の心まで掴まれたような気持ちになる。ダメ押しに耳元で「ショーコさん」と囁かれ、観念した私はその言葉を口にした。

「好《す》いとうよ」

声に乗せると、特別な意味があるように感じた。

去年の誕生日は平日でしかも残業だったから、コンビニ弁当とスイーツで一人寂しく過ごした。美保を食事に誘うかどうか迷ったけれど、ネイルサロンを予約していると言われて、誘えなかった。誕生日だと言えば、美保のことだからキャンセルしてくれたと思う。だけど、当日いきなり誘ってそこまでしてもらうのは申し訳ないと思ったのだ。

　今年の誕生日も何も予定してなかった。自分へのご褒美に何か買って、ちょっといいお酒を一人で飲むぐらいだと思っていた。ついこの前まで、彼とこうして二人で過ごすことになるなんて想像もしていなかった。

　冷蔵庫からケーキを取り出して、新井君にテーブルに運んでもらう。お気に入りのスイーツショップで買った、一番小さな苺のホールケーキだ。

「開けていいですか？」

「うん」

　キッチンから返事をして、取り皿とフォークを手にリビングに戻ると、新井君がお腹を抱えて笑っている。

「何？　どうかした？」

「いや、だってこれ」

　新井君が指を指している小さなホールケーキをのぞき込む。

「あっ、嘘……」

　大笑いの原因はケーキに載ったチョコレートのプレートだった。

「〝しょこちゃん〟って」

「お店の人に誕生日ですか？　って聞かれたの。ちゃんと〝ジョーコ〟って伝えたのに、勝手に……」

〝名前はいいです〟と言えばよかった。バカ正直だから、シドロモドロになって「祥子です」と答えたら、チョコレートのプレートには「しょこちゃん誕生日おめでとう」と書かれていたのだ。

「ローソクは二本にします？」

「いいよ、立てなくて」

そう言ったのに、新井君はサービスでつけてくれた細いローソクを袋から二本取り出すと、止めるのも聞かずにケーキに突き刺してしまった。

「マッチかライターあります？」

「えっと……」

たしかマッチがあったはず。棚を漁《あさ》って見つけると、新井君に手渡した。

「点くかな？」

「なんとか」

新井君が何度かマッチを擦っていると、オレンジ色の暖かな火が灯った。

「照明落として」

「うん」

リモコンで照明を落とすと、小さな灯りが新井君と私を照らした。

「こういうのって、なんか照れくさいよね。おめでとうっていう歳でもないのに」

「年齢とか関係ないじゃないですか」

「あるよ」

「ないです」

新井君はきっぱり言い切ると、「ハッピーバースデートゥーユー」と歌い始めた。微妙な音程に笑ってしまう。声が綺麗だから歌も上手なのかと思っていたのに、意外だった。

声を殺して笑う私を、新井君が歌いながら恨めしそうに睨む。でも、その顔はどこか可愛らしくて、心から好きだと思えた。

来年もまたこうして二人でお祝いができますように……。

そんな願いを込めながら、私はローソクの火を吹き消した。


「それ、プレゼントですか？」

週明けの月曜日、新井君に誕生日プレゼントとしてもらったネックレスを着けて出社すると、目ざとい美保に早速気づかれてしまった。

「こ、これは、プレゼントというか……」

ごまかそうとした矢先、新井君が事務所に入ってくるのが見えて、変に口ごもってしまった。着けているところを新井君に見てほしかっただけなのに、こんなに簡単にバレるとは思ってもみなかった。

「素敵ですね。ショーコさんによく似合ってます」

美保の視線は私の胸元のネックレスに向けられていた。

「そうかな?」

褒められたことが素直に嬉しくて、自然と笑顔になる。そこに新井君が加わる。

「おはようございます。朝から楽しそうですね」

「おはよう。ねぇ新井君、これって」

「そうそう。助かったよ」

「どういたしまして」

新井君と美保の意味深なやり取りに、「何?」と小首を傾げた。

すると新井君が、少しバツが悪そうに口を開いた。

「じつは何を買っていいのかわからなくて、鈴木にアドバイスしてもらったんですよ」

「そうなんだ」

新井君にもらったプレゼントは有名ブランドのネックレスだった。綺麗なスカイブルーのパッケージは、女性なら誰でも一度は手にしたことはあるだろう。私も以前、自分へのプレゼントでピアスを購入したことがあった。残念ながらすでに片方が行方不明になってしまって、今ではジュエリーボックスの片隅に入れたままになっている。

「いいなぁ。愛されていてうらやましい」

「ちょっと、美保っ」

美保の声が大きくて、ドキリとする。まだ事務所には人はまばらだけど、噂好きな他部署のお局様の耳にでも入ったら面倒なことになってしまう。

「大丈夫です。誰も聞いてませんから」

「そうだといいけど……」

新井君をチラリと見ると、〝俺は別にバレても構わないですけど〟と言わんばかりに涼しい顔をしていた。


仕事を終えると、二人で私のマンションに向かった。

夕飯は前日に作った肉じゃがと即席で作ったお味噌汁で済ませ、ソファで新井君に寄りかかりながら、のんびりとした時間を過ごす。

「それ、本当によく似合ってますよ」

「ありがと」

新井君がプレゼントしてくれたネックレスは、オープンハートに小さなダイヤがついたものだ。私には可愛過ぎないかと心配だったけれど、着けてみると思った以上に上品だった。

心から嬉しいと思ったが、一つだけ気がかりだったのはダイヤが付いていることだ。このブランドでダイヤ付きであれば、相当に値が張ったはずだ。

「無理したんじゃないの？」

そっと見上げると、新井君は優しく微笑んで、私の額に短いキスをした。

「レストランで食事をしたと思えば安いくらいです」

「新井君の誕生日はいつ？」

「俺は、八月です」

「まだまだ先だね」

「お祝いしてくれますか？」

「当たり前じゃない」

私はそう言って新井君の胸に顔を埋《うず》めた。

それまで今と同じ温度で付き合っていられるだろか。新井君と甘くて穏やかな時間を過ごしていても、こうして不意に不安に襲われるときがある。

もしこの恋が終わりを迎えたら、以前のような先輩、後輩の関係に戻れるだろうか。

きっと無理に違いない……。

「何か心配事でもありますか？」

「えっ？」

顔を上げると、新井君が瞳を揺らして私を見ていた。

「ショーコさん、俺といてもときどき表情を曇らせるから」

彼を不安にさせているのは間違いなく私だ。新井君にそんな顔をさせたくない。

「心配事なんて、何もないよ」

「本当に？」

そう言うと、新井君は私を抱きしめる腕に力を込めた。

「本当」

そう言って微笑んで見せた。

起こってもいないことに心を痛めてみても仕方がない。そんな無意味なことで、新井君に暗い表情をさせたくない。

そのまま二人でテレビを観ているうちに、新井君にもたれかかりながらうとうとしてしまったようだ。聞き慣れた電子音が耳に届いて、自分が眠っていたことに気づく。

私のスマホの着信音だとわかっていたけれど、このままでいたくて、私は身動きもせずにじっとしていた。

「ショーコさん、スマホ鳴ってますよ？」

「……うん」

出るように促されて、重たいまぶたを持ち上げる。友達はほぼ結婚しているから、平日の夜に電話がかかってくることはめったにない。

「もしもし……」

「祥子？　あなた、元気にしてるの？　たまには電話ぐらいよこしなさいよ」

「あ、お母さん」

一瞬で目が覚める。母の小言に苦笑しながら、ソファから立ち上がった。

新井君に会話を聞かれたくなくて、どこかに移動しようとしたけれど、コソコソするのもどうかと思い直して、結局はベッドのへりに腰を下ろした。

「何？　どうしたの？」

いつもなら、もっと素っ気なく受け答えをしてしまうところだけれど、今日は新井君がそばにいるから、感じが悪くならないように気を遣った。

けれど、母はそんな私の状況に気づくはずもなく、一方的に話し続ける。

「心配してるんだから、用事がなくても電話ぐらいしなさいよ。お父さんも電話がかかってこないって、いつもぼやいているんだから」

「ごめん」

「で、あなたこの前、誕生日だったでしょ？　いくつになったの？」

「え、いくつって三十二歳だけど、それがどうかしたの?」

先に「おめでとう」ぐらい言ってくれてもいいのに、三十を過ぎた独身の娘にお祝いの言葉は必要ないらしい。

「実は昨夜、静江伯母《しずえおば》さんから連絡があってね」

「うん……」

話の先が想像できて、電話を切りたくなった。聞かなくてもわかる。これはお見合いの話だ。

静江伯母さんは、よく言えば面倒見のいい、悪く言えばお節介でおしゃべり好きな、お見合いで結婚を成立させることを趣味としているような人なのだ。思い出したように実家にやってきては、お見合い話を置いていく。

健太郎と別れてからも一度話を持ってきたことがあったけれど、まだ傷の癒えていなかった私は、結婚のことなど到底考える気にならず、丁重にお断りさせてもらった。

「お母さん、私はそういうのはいいから」

「また、そんな悠長なことを言って」母が大きなため息をつく。

それから無言の私のご機嫌を取るように、努めて明るく話し出した。

「今度のお見合いの相手は税理士さんですって。私はね、とってもいい話だと思うのよ。あなた今、お付き合いしている人はいるの? いないなら、一度会ってみたらどう?」

「お母さん、悪いけど……」

「じゃ、相手はいるの？」

「それは……」付き合っている人がいると、母には言えなかった。

「返事は今じゃなくていいから。とにかく、前向きに考えてみなさいよ」

「……わかった」

「お見合いだってね、タイムリミットがあるのよ。年齢が上がれば、それだけいい話も来なくなるんだから」

「うん」

そんなことは言われなくてもわかっている。だから何度も言わないでほしい。

スマホを握りしめたまま、ソファに座っている新井君の背中を見つめる。私たちはまだ付き合い始めたばかり。結婚の話など具体的にしたことがない。好きでいてくれていることは十分過ぎるくらい伝わってくるけど、結婚となるとまた別問題だ。

「ねえ、祥子」

「また電話するから」

「そんなこと言って、どうせかけてこないでしょ」

「じゃ、またね。おやすみ」

強引に通話を終えると、スマホをベッドに放り投げた。母が言っていることは理解できる。けれど、プレッシャーをかけるのはやめてほしい。

新井君のことはいずれ話すつもりだけれど、それはまだ先のことだ。じっくり二人の関係を育んで愛情を確信できたら……。でも、今の段階で結婚に対しての新井君の気持ちを確認することは怖くてできない。

「実家からですか？」

「そう」

「何かあったんですか？」

「ううん。別に何でもないよ。たまには電話ぐらいしなさいよ、だって」

笑って見せたけれど、顔が引きつっているような気がして、新井君と目を合わせることができなかった。

「そうですか。たまには連絡してあげないと」

そう言うと、新井君は立ち上がって、私の隣に座った。

きっと新井君のことだから、電話のやり取りを聞いていただけで、ある程度どんな話だったか察しがついていることだろう。それなのに気づかないフリをしてくれることが嬉しくもあり、同時に少しだけショックでもあった。

新井君がそっと私の肩に手を回す。その優しさが逆にいたたまれなくて胸が苦しくなった。このまま一緒にいると、泣き言をこぼしてしまいそうだった。

「ごめん」

「はい？」

「今日は少し疲れちゃって。そろそろお風呂に入って寝るから、帰ってもらっていいかな？」

「ショーコさん……」

二人の間に微妙な空気が流れる。新井君は何か言いたそうだったけど、思い直したのか、「わかりました」と笑顔を見せると、帰り支度を始めた。

どうして私はもっと上手くごまかせないのだろう。自分の不甲斐なさにため息が出そうになるのを堪える。

「じゃあ、帰ります」

玄関で革靴に足を入れると、新井君は振り向いて私を見た。

「明日から週末まで工場で研修なので、今週はもう事務所に顔を出しません」

「有明《ありあけ》の工場だったよね？」

新井君の表情をうかがうように見つめ返す。気を悪くしてないか心配だったけれど、優しい眼差しに胸を撫で下ろす。

「そうです。明日の夜、電話します」

新井君はそう言ったけれど、夜は工場の人たちと懇親会があるはずだから、電話はできないだろう。私も何年か前に参加したことがあるけれど、とても一次会で抜け出せるような雰囲気ではなかった。おそらく次に声を聞けるのは、明後日以降になるだろう。

「わかった。気をつけてね。研修、キツイから早く寝たほうがいいよ」

「ショーコさんも。おやすみなさい」

そう言って、新井君がドアノブに手をかけた時、「待って！」と、気がつくと私は新井君のコートを掴んで引き止めていた。

新井君はに切れ長の目を一瞬驚いたように見開き、それから穏やかに微笑んだ。

「どうしたんですか？」

子供をあやすような温かな声に泣きだしそうになる。こんな時に優しくされたら、ますます好きになってしまう。

「ショーコさん？」

自分から帰るように仕向けたのにまだ一緒にいたいと思ってしまう。私はなんてワガママなのだろう。

「新井君……」

「はい？」

「……おやすみのキスは？」とっさに出た言葉に顔から火が出そうになる。

「ち、違うの！　えっと、今のは……」

赤面してあたふたする私を見て、新井君は小さく笑った。

「何、可愛いこと言ってんの？」

いつもと違う口調にはっとして見つめると、新井君の腕が伸びてきてアッという間に腕の中に閉じ込められた。

「俺を追い出そうとしたくせに」

「そんなんじゃ……」

それ以上言葉にならなくて、無言で新井君の背中に腕を回してしがみついた。

こうしてたくましい腕に抱きしめられていると、本当に新井君が好きなのだと感じる。

新井君以外の人と結婚なんて考えられない……。

「何か心配事があるんでしょ？」

「……」

「ショーコさん、わかりやすいから」

やっぱり、新井君にはお見通しだったみたいだ。一瞬でもお見合いを考えた自分が情けない。誰でもいいから結婚したいわけじゃない。私は好きな人と結婚がしたいのだ。

これから先のことはどうなるかわからないけれど、私は新井君と付き合っていたい。

そう考えると、迷いや不安は嘘のように消えていった。

「大丈夫？」

「心配事は今解決したみたい」

「何それ？」新井君が、私を抱きしめたままで笑う。

「いいの。もう忘れて」

顔を上げて微笑むと、つま先立ちになって、自分から新井君におやすみのキスをしようとした。すると、新井君は待ち構えていたように、私の後頭部に手を回した。

「ショーコさん」

甘い声で名前をつぶやき、魅惑的な笑みで私を魅了する。唇が重なる寸前、目を伏せた新井君の色っぽいしぐさに息が止まりそうになった。

結局、触れるだけのキスのつもりが、おやすみのキスとは言えないような濃厚なものになってしまった。

「帰りたくないな」

「ダメ、だよ」

息が上がったまま、軽く睨むと「そうですよね」と新井君は苦笑いした。そして、

「じゃあ、もう行きます」と今度は私の額にキスをした。

「気をつけて帰ってね」

「ショーコさんも戸締りには気をつけて」

「うん。おやすみ」

幸せな気持ちで手を振って見送った。

いずれまた不安になることがあるかもしれない。けれど、その都度、立ち止まって結論を出していけばいいことだ。お互いの気持ちが変わらなければ、その先にある未来はきっと……。


お給料日ということもあって、今日のランチは会社近くのイタリアンでちょっと贅沢にデザートつきのスペシャルランチをオーダーした。

美保は半熟卵とルッコラのペペロンチーノ、私はベーコンとナスのバジルソース。これにアボカドと海老のクリームサラダ、それからコンソメスープがついている。デザートは三種類から選べるようになっていて、美保はガトーショコラ、私はチーズケーキをチョイスした。

「週末は、どうするんですか？」パスタをフォークに巻きつけながら美保が言う。

「んー、特には」

週末の予定を考えてみても、特に何も思い浮かばなかった。

「でも、デートなんでしょ？」

「デートというか、新井君の家でおでん作って軽く飲むぐらいだけど」

「それを世間一般では、お家《うち》デートって言うんです」

「あ、そっか」

笑って、私もパスタを口に運んだ。

母に嫌味を言われながらも何とかお見合いを断って、早一カ月が過ぎていた。その間、新井君と私は大きな喧嘩をすることもなく、私たちの関係は驚くほど順調だった。

相変わらず新井君は優しかったし、私は新井君に喜んでもらいたくて、密かに料理教室に通い始めた。

毎日が充実していて楽しかった。不安に感じることも次第になくなり、このまま何事もなく時間が流れていけば、近い将来プロポーズをしてくれるかもしれない。そんな淡い期待も抱くようになっていた。

土曜日の午後、約束のおでんを作りに新井君の部屋に向かった。先にスーパーで買い物を済ませ、両手にビニール袋を提げて歩いていく。二人で食べるにはちょっと食材を買い過ぎたかもしれない。新井君には、しばらくの間おでんだけで生活してもらおう。

そんなことを考えながら、緩む頬を人に見られないようにうつむいて歩いた。

はやる気持ちを抑えてインターホンを押した。

「先に買い物してきたよ」

「あ、ショーコさん」

ドアを開けて中から出てきた新井君は、ちょっと焦ったような顔をしていた。

「どうしたの？」

「実は、今から会社に行かなきゃならなくなって」

「え、今から？」

「佐藤《さとう》主任から電話があって、急用で資料を届けなければならなくなったんです。昨夜遅くに取引先から連絡があって、月曜の朝一までに企画書を作成しなければならないそうで。ファクスで送れる量じゃないんで、とにかく事務所に行ってきます」

「そうなんだ」

「悪いけど、ショーコさんは部屋で待っててもらえますか？」

「いいよ。おでん作りながら待ってるから気にしないで」

「すみません。なる早で帰ってきます」

「うん。慌てなくていいよ」

新井君を見送ると、私はエプロンを着けて、早速おでん作りに取りかかった。

それにしても、人使いの荒い佐藤主任に捕まるとは新井君もついてない。佐藤主任のことだから、届けるだけでは済まずに手伝わせるに違いない。きっと報酬は缶コーヒー程度だろう。

そんな事務所でのやり取りが想像できて、新井君が可哀想になった。憤慨《ふんがい》して帰ってくると思われる新井君のために、美味しいおでんを作って待っていよう。

棚から大き目のアルミ鍋を取り出してお湯を沸かす。大根と牛スジの下茹でを終え、ゆで卵もできた。後は煮込むだけだ。他には新井君の大好物のポテトサラダとだし巻き卵を作った。鶏のから揚げは下味だけつけて新井君が帰ってきてから揚げることにした。

ほぼ準備が完了したところで時計を見ると、新井君が出て行ってから三時間が過ぎていた。やっぱり主任に仕事を手伝わされているのだろう。連絡がないので、もしかしてスマホを忘れて行ったのではないかと思って部屋を見て回ると、案の定、ソファの上に置き去りだった。それを拾い上げてテーブルの上に置いた。

きっとスマホが見当たらず、どこかで落としたのではないかと心配しているだろう。事務所に電話をかけて知らせてあげたいけれど、佐藤主任が電話に出るかもしれないと思うと、それもできなかった。

キッチンに戻って後片づけをしているとインターホンが鳴った。新井君が帰ってきたのだろう。帰ってきて早々、ビールを買ってきてと頼んだら怒るだろうか。そんなことを考えながら、ロックを外してドアを開けた。

「えっ？」

声を上げたのは同時だった。

私の目の前に現れたのは、新井君ではなく二十歳くらいの可愛い小柄な女の子だった。その子が人形みたいなつぶらな目を大きく見開き、私の顔を凝視している。その様子から、彼女にとっても、私が部屋から出てきたことは想定外だったのだろう。

いったい彼女は誰なのだろう。嫌な予感が頭の中を駆け巡る。新井君に妹がいると聞いたことはないし、こちらに友達がいるとも言っていなかった。

だとしたら、思い浮かぶ言葉は一つしかない。まさか新井君まで、私の知らないところで他の女性と会っていたとは……。

私の顔によほど悲壮感が漂っていたのか、彼女が慌てたように口を開いた。

「あの、私、新井絵梨花《あらいえりか》と言います。タカ兄の従兄妹《いとこ》です」

「従兄妹？」

「はい。あの、タカ兄は？」

この状況が気まずいのか、彼女は助けを求めるように部屋の奥をのぞき込み、新井君の姿を探した。

「今、新井君は会社に出ていて、もうすぐ帰ってくると思うんですけど……」

ホッとしたものの、一度強張った表情はぎこちないままで上手く笑顔を作れなかった。

彼女は私の言葉を聞いて、「どうしようかなぁ」とつぶやいている。

手には大きめの紙袋を提げていて、このまま帰してしまうのは申し訳ないように思えた。従兄妹だと疑わなかった私は、新井君の許可を得ずに、家に上がってもらうことにした。

「あの、中にどうぞ。そろそろ帰ってくると思いますから」

彼女をリビングに通してお茶を出す。

「ありがとうございます。あの、タカ兄の彼女さんですか？」

そこで、自分が自己紹介もしていないことに気がついた。ずっと年下の彼女のほうがしっかりしている。そう思うと恥ずかしくなった。

「岡田祥子と言います。会社の同僚なんです」

「タカ兄と付き合ってるんですよね？」

絵梨花さんが、探るように上目遣いで私を見る。

「ええ……」

休日に新井君の部屋でエプロンを着けて料理をしているのだ。これで彼女じゃなかったら、不法侵入しているストーカー以外の何者でもないだろう。

そう考えると自分の態度がひどく滑稽に思えた。もっと堂々としていればいい。それなのにどうしてだろう。胸の奥がザワザワとして落ち着かない。

喉が渇いてお茶に手を伸ばす。間がもたないので、新井君に早く帰ってきてもらうように連絡を入れようとしたところで、彼がスマホを忘れて出掛けたことを思い出す。

いよいよどうしていいかわからなくなって、ひとまずテレビをつけた。静まり返っていたリビングに、バラエティ番組の楽しそうな音声が聞こえるようになっただけで、少し気分が軽くなった気がした。

「何か観たい番組があったらどうぞ」

「いえ、特には何も」そう笑顔で答えた彼女が遠慮《えんりょ》気味に続けた。

「あの、タカ兄って面倒くさくないですか？　神経質だし、意地悪だし。頑固で融通が利かないし」

彼女がそこまで言ったところで玄関のドアが開いた。

「ただいま」と言った新井君が、訝《いぶか》しげに立ち止まるのが雰囲気でわかった。女物の靴が玄関に二足あるのだ。何事かと思うのは当然だろう。

「新井君、従兄妹の絵梨花さんが来てるよ」

リビングから声をかけると「絵梨花？」と言いながら、新井君が中に入ってきた。

「お邪魔してます」

新井君に絵梨花さんが頭を下げる。それを見た新井君はムッとした表情で彼女を軽く睨んだ。

「オマエなぁ、来るなら連絡ぐらい入れろよ」

「言ってたでしょ。コンサートでこっちに来るから、その時は夕飯ご馳走してねって」

絵梨花さんが口を尖らせる。

「それ来月だろ？」

「ちがう、今月。それに今日もメール入れたでしょ？　見てないの？」

「はぁ？」

「はぁ？　じゃないよ。おばさんお手製のおこわを持ってきてあげたのに、その態度は何？　すっごく重たかったんだからね」

絵梨花さんが持ってきた紙袋を新井君に突きつけた。すると、新井君の表情がみるみるうちに緩んでいった。

「マジで、これおこわ？」

「嘘ついてどうするのよ」

「絵梨花、サンキュ」

「なに、その態度の変わりよう」

絵梨花さんが吹き出すと、一瞬で雰囲気が和んだ。

絵梨花さんは新井君の地元の大学に通っている大学生で、明日福岡で開催されるアイドルのコンサートに行くために一人で来たという。

料理を作ってしまった後だったから、外食には行かず、三人で一緒におでんを食べることになった。

テーブルにコンロを設置しておでん鍋を置くと手狭になった。料理を無理やりテーブルに並べ終えると、缶ビールで乾杯した。

「まだ牛スジは硬いかな。あとは、大丈夫だと思うんだけど」

「じゃあ、俺は卵とこんにゃく。それからきんちゃくをいただきます」

「うん。どうぞ」

「絵梨花はまだアイドルの追っかけやってんのか。大学生は暇でいいな」

「どうしてタカ兄はそんなに意地悪なの？　そのうちショーコさんに嫌われるよ。ていうか、むしろ嫌われてしまえ」

「オマエはおでんを食うな」

「本当っ意地悪。こんな顔だけの男のどこがいいんだろ」

「うるせーよ。子供にはわからない魅力が俺にはあるんだよ」

「バカじゃないの」

鶏のから揚げを頬張りながら、新井君は冗談交じりに絵梨花さんをからかっている。

二人のやり取りを見ながら笑ってしまう。従兄妹で家も近所だったから、兄妹のように育ったらしい。

絵梨花さんが新井君のことを兄のように慕《した》っているのが伝わってくる。新井君も絵梨花さんのことを妹のように可愛がっていたのだろう。

「何、笑ってるんですか？」新井君が不服そうに言う。

「ううん。すごく仲がいいなと思って」

私がそう言うと、新井君は缶ビールを口に運びながら険しい顔をする。

「生意気なんですよね」

「それ、誰のこと？」

「オマエだよ」

「やっぱりいいのは顔だけだよね」

「しみじみ言うな」

「はいはい。もうその辺にして。二人ともビールどうする？　まだ飲む？」

絵梨花さんはいらないと首を横に振った。どうやらお酒はあまり強くないらしい。

もう一本飲むと言った新井君には冷蔵庫から缶ビールを取り出して、絵梨花さんにはコーヒーを淹れた。

何かお菓子とか出したほうがいいだろうか。あ、そういえば……。

「ラスクあるけど食べる？」

私がそう言うと、絵梨花さんの表情がパッと明るくなった。

「いただきます」

「ちょっと待ってね」

持ってきた荷物の中から袋を取り出した。このラスクは、甘いものがあまり得意じゃない新井君の唯一お気に入りのお菓子なのだ。

「飲んだ後に甘いものかよ」

「別にいいでしょ」

「太るぞ」

「うるさいな」

「絵梨花、全部食べるなよ」

「もう、タカ兄、本当うるさい」

やり合う二人をよそに、私はキッチンで洗い物を始めた。

最初はちょっと緊張したけど、絵梨花さんは可愛いし、私が知らない新井君の一面を見ることができて嬉しく思った。初めに感じた胸のざわつきは、どうやら私の考え過ぎだったようだ。リビングから聞こえてくる楽しそうな笑い声をBGMにしながら、私は軽快に洗い物を済ませていった。

しばらくして、絵梨花さんが空いたお皿とマグカップを持ってキッチンにやってきた。

「私も手伝いますね」

「もう終わるから大丈夫だよ」

「え、でも、何かしないと……。じゃ、お皿拭きますね」

「うん。ありがとう」

リビングに視線を向けると、新井君は缶ビールを片手にテレビを観ている。

「はい。これでおしまい」

最後のお皿を絵梨花さんに渡してタオルで手を拭いた。

「ショーコさん、今日は夕飯ありがとうございました。タカ兄には邪魔にされたけど、すごく楽しかったです」

「私も楽しかったよ」そう答えると、自然と笑みがこぼれた。

また一緒に食事をする機会があるなら、今度はもう少し手の込んだ料理を作ってもてなそう。絵梨花さんともっと仲良くなりたいし、できれば新井君の家族とも親しくなりたい。

そんなことを考えていると、絵梨花さんが急に声を潜めた。

「あの、ショーコさん……」

その声のトーンに、また胸の奥が騒ぎ始める。

「何?」

絵梨花さんは何か言いたそうに私を見つめて、それから申し訳なさそうに目を逸らした。

「絵梨花さん?」

「あの……」

「どうしたの? 言いたいことがあるなら、はっきり言って」

焦らされたイラ立ちから、少し語尾が荒くなった。絵梨花さんの表情が強張るのを見て我に返ったけれど、取り繕う余裕はなかった。いい話でないことは、その様子から一目瞭然《りょうぜん》だった。

「タカ兄のこと……本気で好きにならないでください」

小さな声だった。私は意味が理解できず、「どういうこと?」と聞き返した。彼女の唇は小刻みに動き、言葉にするのをためらっているようだった。

「絵梨花さん?」

もう一度名前を呼ぶと、意を決したように顔を上げて私を見た。彼女の何か訴えかけるような眼差しに、今度は私が目を逸らしたくなった。

「タカ兄の部屋からショーコさんが出てきた時、本当に驚いたんです」

「それで?」続きを促すように相槌を打った。

「それは、タカ兄に付き合っている人がいたからじゃなくて、ショーコさんが、そのなんていうか……詩織《しおり》さんにすごく似ていたから……」

「えっ?」

動揺して言葉が出なかった。その女性と新井君とはどんな関係なのだろう。そして、なぜ絵梨花さんはそんな忠告をするのだろう……。

単なる過去の恋なら気になっても、知らないフリはできる。けれど、絵梨花さんがわざわざ忠告してくれたということは、何か重要なことが隠されているのだろう。

「あの、ごめんなさい。余計なことだと思ったんですけど、ショーコさん、優しくていい人だから、必要以上に傷ついてほしくなくて。それで、あの……」

「詩織さんって、新井君の前の彼女とか？」

「……はい」

「新井君はまだその人のことを好きなの？」

「わかりません。だけど、今でも忘れてなかったんだと思いました」

「そう……」

頭の中で絵梨花さんが発した言葉のピースを一つずつ繋げていく。そこから導き出されるのは、新井君は前の彼女の代わりに私と付き合っているかもしれないということだ。

足元が歪んだような気がした。私は放心状態のまま、絵梨花さんを呆然と見つめた。

「ごめんなさい……」

嘘よ、そんな意地悪を言わないで。と言いたいのに言葉にならなかった。

それに彼女が謝ることではない。よかれと思って、言ってくれたことだ。でも、私の辛そうな様子に耐えられなかったのだろう。今にも泣きだしそうに顔を歪めると、私から視線を外してうつむいた。

「絵梨花、電話が鳴ってるぞ」

「え？　うん」

リビングから新井君が絵梨花さんを呼ぶ。彼女は逃げるようにキッチンを後にした。

私は気持ちを落ち着かせるために、シンクに手をついて大きく息を吐いた。ねえ、新井くん……。他に好きな人がいるの？　私はその人の代わりなの？

年上で特別可愛くもない私を、新井君が好きになった理由が今までまるでわからなかった。だから、最初は私をからかって楽しんでいるのだと思ったくらいだ。

でも、本当の理由はここにあったのだ。誰でもよかったわけじゃない。新井君にとって重要だったのは、私が前の彼女に似ていることだったのだ。

これからどうすればいいのだろう。詩織さんのことを知らなければ、昨日までと同じように幸せな気持ちで新井君と向き合っていられたのに、知ってしまった今、疑念を隠して彼の前で笑っていられる自信はなかった。

リビングでは電話を終えた絵梨花さんが、慌ただしく身支度を整えていた。ホテルに向かうのだろう。

「お邪魔しました。またね、タカ兄」

「もう来るな」

「はいはい」

そんな軽いやり取りの後、絵梨花さんはキッチンの手前で足を止めた。そして、私と目を合わさずに、申し訳なさそうに頭を下げた。

「今日は、ありがとうございました。楽しかったです」

私に伝えたことを後悔しているのなら、それはいまさらというものだ。

「じゃあ……」絵梨花さんが、もう一度頭を下げた。

「絵梨花さん。途中まで送っていくから、ちょっと待って」

中途半端に話を聞かされて、疑心暗鬼のままでいるのが嫌だった。気がつけばコートとバッグを掴んで、絵梨花さんを外に連れ出すようにその背中を軽く押していた。

「送るなら、俺が」

「いいの。新井君は部屋で待ってて。ついでにコンビニでウーロン茶と朝食のパンも買ってくるから。ね?」

口調は優しく、けれど強引に新井君を部屋に残るように制して、私は絵梨花さんと一緒に部屋を出た。

気まずいまま、二人でマンションのエレベーターに乗り込んだ。狭い箱の中にいると息が詰まりそうだった。

ここまで順調過ぎると思わなかったわけでもない。ただ、こんな落とし穴があるとは考えてもいなかった。

誰にだって過去に恋愛の一つや二つはあるだろう。もし新井君に忘れられない人がいたとしても、彼を責めることはできない。私が新井君の気持ちを信じればいいだけのことだ。でも、そう何度も自分に言い聞かせても、わき上がる不安を完全に拭い去ることはできなかった。

　エレベーターを降りると、絵梨花さんは立ち止まったまま口を開いた。

「ショーコさん……」

「歩きながら話そう」

　不安を打ち消すように、私は無理して明るく答えた。

「コンサートは一人で行くの？」

「友達と現地集合なんです」

「そっか、楽しみだね」

「はい……」

　世間話をしながら、エントランスを抜ける。少し雰囲気を明るく変えてみようと口を開いたけれど失敗だった。話が弾むどころか、お互いの出方をうかがっているような微妙な空気になってしまった。

「あのね、絵梨花さん」

「……詩織さんのことですよね？」

「……うん」

「そうですよね。中途半端にあんな話を聞かされたら、誰だって気になりますよね。本当にごめんなさい」

マンションの敷地内から路地に出て、街灯が照らす夜道を駅の方向に歩いた。一度だけ新井君が追いかけてきていないか振り向いたけれど、その姿はなかった。

ホッとしたような追い詰められたような複雑な気持ちになる。絵梨花さんから詳しい話を聞いてしまったら、何も知らないフリはできないとわかっていたからだ。

でも、聞きたい。聞いて気持ちに整理をつけないと、新井君を信じられない気がした。

「詩織さんのことをもう少し詳しく話してくれる？」

絵梨花さんは小さくうなずいた。

「詩織さんは私の姉の友達なんです。きっかけは何だったか忘れちゃいましたけど、タカ兄が高一、詩織さんが高二の頃に二人は付き合い始めたんです」

「それで？」

「最初はすごく上手くいってたんです。いつも一緒にいて、仲が良さそうでした。だけど、半年も経たないうちに詩織さんの悪いクセが出てしまって……」

絵梨花さんが言いづらそうに言葉を切る。

「〝悪いクセ〟って？」

「詩織さん、気移りが激しいんです。それに綺麗でスタイルもいいから、男の人にすごく人気があって」

「浮気してたってこと？」

つい感情的になって、問い質すような口調になってしまう。

そんな私を見て、絵梨花さんは困ったようにうなずくと言葉を続けた。

「そういうこともあったんですけど、そもそもが自由奔放なんです。だからタカ兄と喧嘩して別れると、すぐ他の人と付き合って、それでその人と別れると、また何食わぬ顔してタカ兄のところに戻って来る。いつもそんな感じでした」

「そう……」

「タカ兄も冷たく突き放せばいいのに、惚れた弱みなのか、詩織さんが戻って来ると受け入れちゃうんです。そしてまた裏切られるの繰り返しで、結局、タカ兄が大学を卒業する頃までは付き合っていたと思います。でも、就職してからは詩織さんと一緒にいるところを見かけなくなったし、姉からも、詩織さんは別の人と付き合ってると聞いてたんです。だから、タカ兄も完全に気持ちの整理をつけたんだろうって」

「でも、私が詩織さんに似ていたから驚いたんだよね？」

「はい……」

何度もやり直してきた二人の関係に焦りと不安が頭をもたげる。

けれども、大切なのは過去ではない。たとえ私が過去の恋人に似ていたとしても、タイプが同じというだけで、新井君が今もその人に未練を残しているとは限らない。

それに絵梨花さんの話によれば、二人はもう何年も接点を持っていないことになる。これで心配していたら、新しい恋など永遠にできない。

でも、そんな強気な気持ちは、絵梨花さんの次の一言で一瞬にして崩れ去った。

「あの……気をつけてください」

「え？」

「詩織さん、この前、久しぶりに家に遊びに来たんです。その時に姉にタカ兄のことを根掘り葉掘り聞いていたから、もしかするとこっちまで会いに来る気なんじゃないかって……」

彼女が新井君に会いにくる……。

「タカ兄が詩織さんと会ったら、またヨリを戻すんじゃないか心配なんです」

「……話してくれてありがとう」

まさかの事態に、聞き取れるぐらいの声でお礼を言うのがやっとだった。

絵梨花さんは交差点の手前まで来ると、「じゃあここで。さようなら」と頭を下げて、横断歩道を渡っていった。

私はその場に立ち尽くして一歩も動くこともできなかった。そんな私の横を若いカップルが訝しげな顔で通り過ぎていく。

そのまま、どれぐらい立ち尽くしていたのだろう。

「ショーコさん」と名前を呼ぶ声でやっと我に返った。背中を向けたままの私の前に、息を切らしながら新井君が回り込んできた。

「こんなところで何してるんですか?」

新井君は膝に手を当てた格好で息を整えながら、辺りを見回した。

「あれ、絵梨花は?」

「……帰ったよ」

「じゃあ、何で?」

本当だ。私はここで何をしているのだろう。寒さで手もかじかんできたし、鼻もツンと痛かった。こんな時は、温かいお風呂に入って身体を温めてゆっくり休みたい。でも……私はどこに帰ればいいのだろう。

「ショーコさん、手もこんなに冷たくなって」

新井君が私の両手を自分の手で包み込む。

「新井くん……」

この手で本当に抱きしめたい人は誰なの? 詩織さんが新井君の前に現れても、この手を離さずにいてくれる?

信じたいのに新井君と目を合わせられないのは、私に自信がないからだ。

「どうしたんですか？」

私の異変を感じ取ったのか、新井君の声が低くなる。

言ってはダメだ。その名前を口にしたら、新井君との関係は終わってしまうかもしれない。

新井君のことが好きなんでしょ？　別れたくないんでしょ？　だったら、知らないフリを続けていればいい。

「ショーコさん？」

顔を上げて新井君を見た。目が合うと黒い瞳が優しげに揺れた。

けれど、その瞳は私ではない人を見ているような気がして、どうしようもなく苦しくなった。

「とにかく部屋に戻りましょう」

新井君の言葉に無言で首を横に振った。一緒に部屋に戻ったら、私はきっと新井君を責めてしまう。喧嘩になって言わなくていいことを口にして、取り返しがつかなくなるかもしれない。

「絵梨花と何かあった？」新井君が眉をひそめて私を見た。

「違う。そうじゃない」

「じゃあ、何？」

新井君は私に顔を近づけ、瞳の奥をのぞきこんでくる。

もうごまかせないと思った。適当な言葉を並べたところで新井君は納得しないだろう。

そして、私はいつかその名前を口にする。それなら、今言うべきなのかもしれない。

誰かの代わりではなく、私を愛していると信じさせてほしい。

「私は詩織さんの代わりなの?」

「えっ……」

新井君は絶句したまま、私の顔を凝視した。そして、言葉を探しているのか瞬きを繰り返した。

時が止まったように、二人とも動けなかった。一秒がとても長く感じられた。お互いの呼吸音だけが風に紛れてかすかに聞こえる。目の前にいるはずの新井君の姿が、滲んで見えなくなっていく。

繋がっていた指先が嗚咽《おえつ》とともに震えて、私はついにその手を振りほどいてしまった。

呆気なく離れた手が宙を舞った。

「ショーコさん、違う」

「違わないでしょ?」

新井君が私に手を伸ばす。その手を私は反射的に払いのけた。パシッと乾いた音が耳元に届いて、自分のしたことに気づく。手を払った指先には、ヒリヒリとした痛みが残っていた。

私は悲痛な表情を浮かべるに新井君を見て、唇を噛んで涙を堪えた。

「ごめん……」

「ショーコさん、俺の話を聞いて」

「何も聞きたくない」

「待って、頼むから」

首を横に何度も大きく振った。混乱して、今は何も考えられなかった。私は「一人にして」とつぶやくと走り出した。

そんな私を、新井君は追いかけて来なかった。それがすべてなのだと思うと、涙がこぼれた。

詩織さんのことが忘れられなくて、たまたま似ていた私を代わりにしただけなのだ。遅かれ早かれ、ダメになる恋だった。もしかすると、新井君は私に恋すらしていなかったのかもしれない。

少し考えればわかることだった。新井君がムキになって求めるほど、自分に魅力があるはずがなかった。

だけど、ひどすぎる。こんなに好きにさせておいて、いまさら……。

家にたどり着くと、玄関に倒れ込んだ。暗闇の中、どれくらいそうしていただろう。

やっとの思いで靴を脱ぐと、立ち上がって部屋の明かりをつけた。

見慣れた部屋のはずなのに、自分の部屋だと思えなかった。つい数時間前に突きつけられた事実が遠い昔の出来事のように感じられて現実感がなかった。私がそう思いたいだけなのだろうか。まるで夢の中にいるようだった。

その時、現実に引き戻すようにバッグの中でスマホが震えた。止まるまで放置していると、少しの沈黙の後また震えだした。確認しなくても、誰からの着信かわかる。

一人きりの部屋で涙を流しながら自分自身を抱きしめた。一度痛い目に遭っているのに、年下の男に言い寄られてその気になるなんてバカだった。私はもっと身のほどを知るべきだったのだ。

何度も繰り返される着信に耐えられなくなって、スマホの電源をオフにして、バスルームに逃げ込んだ。

新井君からどんな言葉を聞いても、今の私は感情的になって怒鳴り散らしてしまいそうだった。これ以上、惨めになりたくない。それがせめてものプライドだった。

一晩寝て全部忘れよう。そして、何もなかったことにしてみせる。

「そう……大丈夫だから……」

そう自分に言い聞かせるように何度もつぶやいて、涙も一緒にシャワーで洗い流した。

第四章　幸せになるために

月曜日は普段よりも数倍気合を入れてメイクをした。鏡の中の私はまるで別人のようだ。我ながら思いきったと思う。胸が隠れるほど長かった黒髪を顎の位置までカットし、初めてショートボブに挑戦した。カラーも明るめにし、雰囲気がガラリと変わった。

「……誰？」

つぶやいて苦笑する。これは私、岡田祥子だ。

週末、新井君からの連絡をずっと無視していた。家にまで訪ねて来られたらどうしようかと思っていたけれど、彼はそんなマネはしなかった。きっと、私の気持ちを尊重してくれたのだと思う。

その心遣いもわかっているし、実際そうしてくれてありがたかったのに、心のどこかでは落胆もしていた。本当はもっと強く私の疑念を否定してほしかった。

私が詩織さんの名前を口にした時の新井君の表情を思い出すと、胸が引き裂かれそうなる。人は核心を突かれると言葉が出なくなる。だから、絵梨花さんが言ったことは正しかったのだ。

戸締りを済ませ、気分を切り替えて地下鉄の駅に向かった。公私混同はしない。新井君の顔を見るのは辛いけれど、だからといって仕事を休むという選択肢はなかった。

これくらい大丈夫だ。健太郎のときだって、私は誰にも言わずに何とか乗り越えてきたのだ。

事務所に入る前に足を止め、一度深呼吸をしてからドアを開けた。

「おはようございます」

「おはよ……あれ？」

総務の山田さんが驚いたように動きを止めて、私を見る。

「岡田さん？」

「そうですよ」

にこりと微笑んで見せた。

事務所に入ると誰もが私を二度見しているのがわかる。それは無理もない。ここまで雰囲気が変わると、どう声をかけていいかわからないのだろう。みんなの視線を感じながらパソコンに電源を入れ、仕事の準備に取りかかった。

「ショーコさん？」

「ん？」

私の背後から恐る恐る声をかけてきたのは美保だ。振り向くと、キャッと短い悲鳴を上げた。

「すっごく素敵です。似合ってますよ、そのショートボブ」

想像どおりの美保の反応に緊張が緩んで笑ってしまった。

「ありがとう。ずっとロングだったから飽きちゃって」

「新井君は何か言ってました？」

「別に何も……」

無意識に私の声のトーンが低くなったことに美保は気づいていないようだ。

「惚れ直して言葉が出なかったんじゃないですか？」

悪戯《いたずら》っぽく微笑んで、美保は自分のデスクに着いた。

髪を切ったのは日曜日だ。午前中に出掛けて、美容室を出たのは夕方だった。それから時間を潰すために一人で映画を観に行った。自宅に戻ったのは夜になってからで、新井君とは顔を合わせていない。

私に興味を持った理由が詩織さんに似ていたからだとすれば、髪を切って雰囲気を変えた私に新井君が惚れ直すことは有り得ないだろう。

自嘲気味な笑みを一人浮かべる。思わず涙が滲みそうになる。誰にも気づかれないようにハンカチで拭って、仕事を始めるフリをした。

やがて新井君が出社してきた。タイミングが良いのか悪いのかわからないけれど、ちょうど私のデスクの電話が鳴って受話器を取ったため、朝礼が終わるまで新井君と言葉を交わすことはなかった。

仕事中、ずっと新井君の視線を感じていた。うかつに顔を上げて目が合ってしまったら、おかしな態度を取ってしまいそうで、私はひたすら資料作りに没頭した。会議の議事録も、こんなに丁寧に読んだことはないというぐらい何度も読み直した。

冷静になれば、何をしているのだと思う。健太郎のときよりも、今回のほうが上手く立ち回れる自信がなかった。

「岡田さん、悪いけどお茶頼めるかな?」

「はい」

予定にない来客があったらしく、課長は慌ててスーツのジャケットを羽織ると、「三つね」と言って、小会議室へ入っていった。

「私が淹れますよ」

美保がそう言ってくれたけれど、「いいよ」と制する。

「美保は自分の仕事を続けて。今日、データ編集の締め切りでしょ?」

朝から鬼のような形相でパソコンを睨んでいる美保に、余計な仕事はさせられない。

「ついでにみんなのぶんも入れてくるから」

「ありがとうございます」

「うん」

すぐに給湯室に向かった。お茶を用意していると背後に誰かの気配がした。

「ショーコさん」

新井君の声に、肩が震えそうになる。けれど、動揺を悟られないよう振り向かずにそのまま作業を続けた。

「あの、今夜時間取ってもらえませんか？」

いつまでも中途半端なままにはできない。わかっていても、すぐに返事ができなかった。

「ちゃんと説明させてください」

「説明って何の？」

私を詩織さんの代わりにしていた言い訳なら聞きたくない。

「そこ、どいてくれる？」

お茶をトレイに載せて振り向いた。よほど私の顔に表情がなかったのか、新井君は怯んだように一歩後退った。

「ショーコさん……」

「ごめん。今は何も聞きたくない」

仕事中に余計なことを考えたくなかった。恋愛で気持ちを乱されて、それでも誰にも悟られないように自分の心を覆い隠すのは疲れる。

やはりリスクのある社内恋愛はするべきではなかった。あんなに痛い思いをしたのに、二度も繰り返すなんて私は大バカだ。

「わかりました。ショーコさんが俺と話をする気になってくれるまで待ちます。だから……」

新井君の言葉を最後まで聞かずに、私は給湯室を出て会議室に向かった。

好きになり過ぎないようにセーブしているつもりだった。でも、それは無理だった。恋を止めることは誰にもできないのだ。平常心を保って仕事をしているのは、せめてものプライドだった。

本当は声を聞くのも、顔を見るのも苦しい。過去に傷ついた記憶がさらに私を打ちのめしていた。


その週末、美保に誘われて二人で居酒屋に向かった。

美保が、私と新井君の間に異変が起きていることに気づかないわけがなかった。どんなに平静を装って仕事をしていても、些細なしぐさや言葉尻にどうしても出てしまう。

美保に問い質《ただ》されるのはわかっていたけれど断らなかったのは、私も誰かに胸のうちを聞いてほしかったからかもしれない。

美保が予約してくれたのは、博多駅近くの居酒屋だった。金曜日の居酒屋はどこも満席だ。そうでなくても、赤を基調としたアジアンテイストのこのお店は特に女性客に人気で、店内を見回すと、所々で女子会が開かれているようだった。

「ショーコさんと二人で飲むのは久しぶりですね。合コン以来かも」

「そうだね」

「とりあえずビールでいいですか?」美保がメニューに手を伸ばしながら聞く。

「うん」

合コンと聞いて、堂林さんと原西さんの顔が頭に浮かんだ。

「美保は原西さんとまだ会ってるの?」

「ときどき飲みに行ってますよ。でも、最近は誘っても忙しいって断られることが多いですね。あ、そういえば……」

メニューを見たまま答えた美保が顔を上げて私に視線を向けた。

「何?」

「ショーコさんのことを聞かれたことがあったなと思い出して」

「原西さんに?」

「はい。もしかすると、堂林さんがショーコさんのことを気にしていたのかもしれないですね。笑ってごまかしたらそれ以上何も言ってこなかったので、私もすっかり忘れていたんですけど」

「堂林さん……」

あの時、大人の対応をしてくれた堂林さんに私は返事をしていなかった。〝いつまでも待っている〟と言ってくれたけれど、私の中ですでに答えが出ていることは堂林さんもきっとわかっていたはずだ。

それでも、私の態度は不誠実だったと思う。新井君のことばかり考えていて、周りの人への配慮に欠けていた。

「じゃあ、お疲れ様」

ビールが運ばれて来ると、乾杯して適当に料理をオーダーした。とりとめのない話をしたり、課長の陰口を言って声を上げて笑った。

「小松さんのモノマネしてもいいですか？」

「小松さんって、長野物産の？　できるの？」

「練習しました。いいですか、いきますよ。〝もぉ、課長っ。それじゃ困りますぅ。そこをなんとか課長のお力で。はい。お願いしますぅ〟」

美保は腰をくねらせながら演じた。

「うわ、似てるかも」

「でしょ？　鼻にかかった声がポイントなんですよ。この前、課長に披露したら爆笑してました」

「やったの？」

「やりましたよ」

なぜか美保は得意げだ。

「あ、小松さんと言えば……」

「ん？　何？」枝豆に伸ばしていた手を止めて美保を見た。

「彼女、新井君に言い寄ってましたよね」

「……そんなこともあったね」

私は相槌を打って笑ってみせた。遠い昔の話に感じられるのは、それだけ濃密な時間を新井君と過ごしてきたことの裏返しに思えた。

私の瞳がかすかに潤んだことに気がついたのだろうか。美保が今までの楽しげな様子と打って変わって、真剣な表情で私に聞いてきた。

「ショーコさんたち、どうしちゃったんですか？」

「どうしたっていうか……」

「喧嘩でもしたんですか？」

「そうじゃなくて……」

美保に話を聞いてもらいたい気持ちがある一方で、問題が複雑過ぎて、すべてを説明する気力がわいてこなかった。最後まで話を終える前に泣きだしてしまいそうだった。

どうしたらいいかわからなくて、取り繕うために苦笑いを浮かべると、美保が「先に謝ります。ショーコさん、ごめんなさい」と言って頭を下げた。

「何？　どうしたの？」

「ショーコさんがこういうことを嫌うのはわかっていたんですけど、やっぱり二人のことが心配だから……」

神妙な面持ちの美保を見つめていると、不意にその視線が私の背後に移動した。

「ごめんなさい。あとは二人でゆっくり話し合ってください」

「ちょっと待って、美保！」

嫌な予感がして振り向けない。立ち去る美保を呆然と見送っていると、私の前に新井君が現れた。

「ショーコさん」

「……」

久しぶりに新井君の顔をまともに見たような気がした。私の一方的な態度が新井君を悩ませていたのだろう。やつれたような表情にいたたまれない気持ちになる。

「鈴木のこと、怒らないでください」

「……うん」

目を伏せて、自分の手元に視線を落とす。

いつまでも結論から逃げていても仕方がない。ちゃんと新井君の気持ちを受け止めないと前に進めないことはわかっていた。髪を切っただけでは、何も解決はしない。

「絵梨花にショーコさんと何を話したか、聞きました」

「……そう」

「詩織のことを説明させてください」

拒むつもりはなかったけれど、有無を言わせない新井君の声色に、私は恐る恐る顔を上げた。冷静でいられるように、テーブルの下ではハンカチを握りしめた。

「俺はショーコさんを詩織の代わりにしていたわけじゃありません。そもそも何年も前に詩織とは別れているんです。いまさら、あいつのことなんか……」

一瞬苦々しい表情を浮かべた新井君に、どんな理由であれ、彼女が特別な存在であるのは間違いないと念を押されたように感じた。

新井君の心に深く刻まれた人。それが私はとてもうらやましかった。

「でも、新井君が私に興味を持ったのは、詩織さんに似ていたからでしょう?」

意地悪な言い方だったかもしれない。それでも、私は聞かずにはいられなかった。もし私が詩織さんと似ていなかったとしたら、新井君は私を気にかけただろうか。私を励まし、抱きしめ、そして愛してくれただろうか。

私自身を愛してくれているという確信がどうしても持てなかった。だからこそ、新井君の気持ちを信じられるような強い言葉がほしかった。

「ショーコさん、一目惚れって信じますか」

新井君の言葉に、「わからない」とつぶやいて首を横に振る。

「俺は二年前に一度、ショーコさんと会っているんです。といっても、俺が一方的にショーコさんを見かけただけなんで、ショーコさんは覚えていないと思いますけど」

「二年前?」新井君の意外な言葉に首を傾げた。

「雪が降った寒い日。駅前の喫茶店でショーコさんを見かけました。その日、俺は大学の先輩の結婚式で福岡に来ていたんです」

「もしかして……」

二年前の雪が降った寒い日といえば、あの日しか思い当たらない。健太郎との別れ話をしたあの日……。

二年前のあの日から、新井君と私は繋がっていたというの?

食い入るように見つめる私に新井君は話を続けた。

「喫茶店に入ったのは偶然です。ショーコさん、窓側の席に座っていましたよね。詩織に似ていると思って気になったのは事実ですけど、それは初めだけです。すぐに別れ話をしているのが雰囲気で伝わってきて、だけどショーコさんは自分の気持ちを押し殺して、必死に笑って見せようとしていました。気づくと俺は、そのしぐさや表情に釘づけになっていたんです。強い人だな……でも、無理し過ぎちゃって可哀想な人だなって。その時のショーコさんが印象深くて、ずっと記憶に残っていた。だから、福岡に赴任して出社した日にショーコさんの姿を見つけて驚きました」

「そんな話を信じられるはずないじゃない」

「俺だって信じられなかった。あの時の女性にまた会えるなんて」

そこで新井君は口元を緩めて微笑んだ。

「再会した時、無意識にショーコさんの左手の薬指を確認していました。その時、〝ああ、よかった。まだ誰のものにもなってなくて〟って心から思ったんです」

「待って……」

混乱する私をよそに、新井君は先を続ける。

「別れ話の相手が主任だと知って、今までショーコさんがどれほど苦しんできたかと思うと、もう自分の気持ちを抑えられなかった。俺は、二年前からショーコさんに恋をしていたんです」

会社で新井君と初めて言葉を交わした日のことを思い出す。支店長と談笑していた新井君は始業前に私の元へ挨拶に来た。真っすぐに目を逸らさず、そして、嬉しそうに微笑んでいた……。

信じてもいいのだろうか。たしかに二年前、あの喫茶店で私は窓際の席に座り、健太郎の負担にならないように懸命《けんめい》に笑顔を作っていた。でも……。

「……信じられない」

「それでも、俺の気持ちに嘘はありません」

「私……」

「俺はショーコさんが好きです。絶対に失いたくない」

きっぱりと言い切られ、少しずつ胸のつかえが取れていくのを感じた。それと同時に目頭が熱くなっていく。

「ごめんなさい。私、その時のことがあって、新井君の気持ちが信じられなかったの……」

自分に自信がないから新井君の気持ちを疑って、いつも自分が傷つかないように予防線を張ることばかり考えていたのだ。それが新井君をどれほど傷つけていたか考えもしなかった。

「ショックでしたよ。今までショーコさんは俺の何を見てたんだろうって」

真剣で嘘のない眼差しは、真っすぐに私に向けられていた。それは今だけではなく出会った頃からずっと変わっていない。

それでも、臆病な私はやっぱり不安になってしまう。

「どうして私なんだろうって、ずっと疑問だった。だから、絵梨花さんから詩織さんの話を聞いた時、それが理由だったんだって思ったの」

そして新井君の気持ちも確かめずに一方的に拒絶した。それが間違いだったと今ならわかる。不安なら正直にそう言えばよかったのだ。

もし喧嘩をするようなことがあれば、そのたびに話し合って解決すればいい。そんな簡単なこともわからないなんて、私は今まで何をしていたのだろう。

ごめんねと、心の中でもう一度謝った。こんな私に辛抱強く付き合ってくれてありがとう。これからはもっと素直になれるように努力する。だから、もう一つだけ確かめさせてほしい。

「でも、あの日、追いかけてくれなかったじゃない」

私が拗ねたように唇を尖らせると、新井くんは早口で捲《ま》くし立てた。

「追いかけなかったのは、あの時、何を説明すればいいのかわからなかったし、下手な言い訳は逆効果だと思ったからです。こんなことになるぐらいなら、捕まえて無理やりにでも家に連れ戻すべきでした」

「無理やりって……」

「そうでもしたくなるぐらい好きなんですよ」

言い方はぶっきら棒なのに、どこか優しい声色に私の瞳から涙がこぼれ落ちた。

「……新井君って、もの好きだよね」

「そうですね」

「私、新井くんより六歳も年上なんだよ」

「それが何か？」

「髪も短くしちゃったし」

「似合ってるからいいんじゃないですか」

「素直じゃないし、これからも新井君を振り回して困らせるかも……」

そう言うと新井君は「いまさら」と、鼻で笑った。

それから私の手を取って立ち上がらせると、「俺の部屋に来るでしょ？」と居酒屋から強引に連れ出した。

大股で歩いていく新井君に小走りでついていく。繋いだ手の力が強くて、うっかり足を止めると、引きずられてしまいそうだ。

「ちょっと待って」

「待てない」

「でも」

運動不足のせいで息が切れてきた。交差点の信号が赤に変わったところで、新井君はようやく足を止めて私を見た。

そこで肩で息をしている私に気がつくと、呆れたように口を開く。

「もう息が上がったんですか？」

「新井君の歩くペースが早すぎるの」

息を整えながら新井君を軽く睨む。待ってと言ったのに止まってくれないから、小走りで新井君についていく羽目になったのだ。ヒールだって何度も脱げそうになったし、一生懸命についてきた私を褒めてもいいぐらいだ。

すると、新井君は照れくさそうにつぶやいた。

「すみません、早く二人きりになりたくて」

言葉の意味を理解すると、頬がみるみるうちに熱くなっていく。

「今日は泊まってください」

「……うん」繋いでいた手に力を込めた。

健太郎と別れてから恋をするのが怖かった。二年もの間、自分の殻に閉じこもって、傷が癒えるのをひたすら待っているだけの毎日だった。そのうち愛想笑いばかりが上手になって、自分の感情を表に出すのが苦手になった。体面を気にして、甘えたくても甘えられない可愛げのない女になっていた。

もう三十二歳。言い方を変えれば、まだ三十二歳。気持ち次第でどうにでも変わるというのに、私は幸せな未来を想像することができなくなっていた。そんな頑《かたく》なな私の心を溶かしてくれたのは年下の彼だった。

新井君の部屋に着くと、ようやく繋いだ手を放して、触れるだけの短いキスをした。

「何か飲みますか？」

「じゃ、何か温かいものを」

新井君がキッチンでお湯を沸かしている間、久しぶりに訪れた部屋をまじまじと見ていた。

あの日から特に何も変わった様子はないようだ。私が置いていったバレッタも、ハンドクリームも、そのままの状態でそこにある。

「どうぞ」

「ありがとう」

マグカップを手渡し、新井君は私の隣に腰を下ろした。多少の気まずさと照れくささをごまかすように、コーヒーに口をつけた。

「気をつけないと、また火傷」

「熱っ」

舞い上がって、自分が猫舌なことを忘れていた私は、何の警戒もなくコーヒーを口に含んで火傷をしてしまった。ヒリヒリと痛む舌に涙目になる私を、新井君は堪えきれない様子で声を出さずに笑っている。そんな新井君を、私は軽く睨む。

「大丈夫ですか？」

「何とかね」

顔を背けると、新井君は私の肩を掴んで顔をのぞき込んできた。

「拗ねてます？　謝りますから、舌、見せて？」

「え？」

「ホラ、早く」

黒い瞳が私を見つめる。急に距離が接近して、落ち着かない気持ちになる。小さく舌を出すと、新井君は「白くなってる」と言いながら、さらにその距離を縮めてきた。

途端に二人を包む空気が色を変えたような気がした。甘い期待に鼓動を高鳴らせながら、私はそっとまぶたを閉じた。

事の顛末《てんまつ》をすぐに美保に報告するつもりが、その週末はダラダラと新井君の部屋で過ごしてしまい、結局、会社で顔を合わせた時になってしまった。

美保を給湯室に連れ込んで、「そういうわけだから、ありがとう」と顔の前で両手を合わせると、「連絡がないので、そんなことだろうと思ってました」と、美保は若干呆れ気味にため息をついた。

「これからは仲良くしてくださいよ。他人のお世話してる場合じゃないんですから。はぁ……私も早く彼氏がほしい」

「美保ならすぐにできるよ」

「本気でそう思ってます？」

「もちろん」

疑いの眼差しを向ける美保に笑顔で答えると、「本心か怪しいけど、とにかく頑張ります」と無駄なやる気を見せて、自分のデスクに戻っていった。

これからは新井君と小さな喧嘩はあっても、上手く付き合っていけるだろう。彼の愛情は確かなものだと信じられたし、私も前向きになれたように思う。

けれど、危惧《きぐ》していたことが起きたのは、その週の土曜日だった。

新井君の部屋で夕食を食べ終え、リビングで一緒にくつろいでいると、テーブルに置いてあった新井君のスマホが電話の着信を知らせた。

新井君は面倒くさそうにスマホに手を伸ばして、画面を確認した。次の瞬間、表情を一変させ、スマホを握りしめたまま動きを止めた。

「どうしたの？」

その間も着信音は鳴り続けている。

「新井君？」

どうして電話に出ないのだろう。私はある予感にハッとした。心の中に再び疑念が芽生えそうになる。

「もしもし」

ようやく電話に出た新井君の声は、今まで聞いたことのない低くて無愛想なものだった。その声色だけで、電話の主が誰だかわかった気がした。

私は新井君から顔を背けて、何も聞かないフリをしようとした。けれど、狭い部屋で意識を他に向けることは無理だった。

「いい加減にしろ」

ため息とともに吐き出された言葉は、隣で聞いていても胸が痛くなるほど冷たかった。思わず身体を震わせた私に一瞬だけ視線を向けた新井君の眉間には、忌々しそうにシワが寄せられていた。

電話の向こうから女性の甲高い声が聞こえた。ヒステリックに泣き叫んでいるような、それでいて縋《すが》りつくような甘えた声だった。

新井君と彼女のやり取りは数分続いた。新井君は彼女を冷たくあしらっているようだった。けれど、その言葉尻が少しずつ変化しているのを私は感じ取っていた。絵梨花さんが言った特別な存在、その言葉がふと脳裏を過ぎって、私を不安にさせる。

彼女は新井君の情に訴えてヨリを戻そうとしている。そう確信すると、新井君の気持ちを信じると決めたのに、私の弱い心は簡単に揺らぎ始めてしまう。

つくづく自分が嫌になる。もっと強くなりたい。そして、新井君の気持ちを信じたい。私を強く繋ぎ止めてほしくて新井君の左手に自分の手を重ねた。

するとと突然、新井君が勢いよく立ち上がって声を上げた。

「何言ってるんだ？　待てよ、詩織？」

凍りついたような新井君の表情に、私の顔からも血の気が引いていった。

「わかった。すぐ行く。だから、ああ」

通話はそこで終わった。

「行くってどこに？」

慌てて声をかけた私に、新井君は「ごめん」と一言だけ口にした。

「ごめんって、何が？」

「必ず戻って来るから、俺を信じて」

私を見つめる新井君の瞳は変わらず真っすぐだったけれど、不安をすべて拭い去ることはできなかった。

「詩織さん、こっちに来てるの？」

「……うん。もう会うつもりはないって何度言っても聞かなくて。あいつ、感情的になると何をしでかすかわからなくて」

　だから彼女の元へ行って様子を見てくると新井君は言った。

「行かないで」と、口から出かかった言葉を、すんでのところでのみ込んだ。言えば新井君を困らせてしまう。

　これが彼女の思惑《おもわく》であっても、新井君は彼女を放っておくことはできないのだ。

「もう一度話をして、あいつを納得させる。だから、ショーコさんはここで待ってて」

「……わかった。待ってるから、必ず戻って来て」

　無理に微笑んで見せると、新井君は私の額になだめるようなキスをして部屋を出て行った。

　新井君の部屋に一人取り残された私は、テレビを点けては消してを繰り返していた。一秒がとても長く感じられて、何度も時計を見てしまう。

　今頃新井君と彼女がホテルの部屋に二人でいると思うと、冷静ではいられなかった。

　突き放そうとしていた新井君が、突然血相を変えた理由はなんだろう。本当に様子を見に行っただけなのだろうか。

　まさか、妊娠している？

　いや、そんなはずはない。彼女と別れたのは数年前だと新井君は言っていた。その言葉を信じるなら、妊娠は絶対に有り得ない。だとしたら、他にどんな理由があるのだろう。

もしかして、自殺でもほのめかしたのだろうか……。

考えれば考えるほど、悪いほうにばかり頭が働いてしまう。

すっかり冷えてまずくなったコーヒーをシンクに運び、私はソファで足を抱えて丸くなった。一人きりの部屋で、早く戻って来てと、祈るように何度もつぶやく。

不安に押し潰されそうになりながら、私は少しでも気持ちを休めようとソファの上でまぶたを閉じた。うとうとしては目を覚ましてを繰り返し、気がつくと、ほとんど眠れないまま朝を迎えていた。

空が白んできても新井君は戻ってこなかった。それが意味するものは、二人は一晩一緒に過ごしたということだ。

信じたい気持ちはあるのに、その事実が私の心に暗い影を落とす。すぐに手に取れる場所に置いていたスマホに新井君から連絡が入っていないことも、さらに私を追い詰めた。

何か連絡ができない事情があっただけだ。つい先日、新井君の気持ちを聞いて誤解は解けたはずだ。私は新井君を信じてここで帰りを待つ――。そう何度も言い聞かせていると、私のスマホが震え出した。

着信は新井君からだ。私は飛びつくようにスマホに手を伸ばし、通話ボタンをタップした。

「もしもし、新井君」

「朝早くにごめんなさい」

「……」

スマホから聞こえてきた女性の声に混乱して言葉が出なかった。新井君のスマホを使ってかけてきたということは、この女性が詩織さんなのだ。

けれど、どうして詩織さんが新井君のスマホから私にかけてくるのだろうか。

「真山《まやま》詩織といいます。私の話は隆弘からお聞きになっていますよね？」

「……はい」

「二人でお話しできませんか？」

「あの、新井君は？」

「隆弘はまだ寝ています」彼女は電話の向こうでクスリと小さく笑った。

私が一度も呼んだことのない新井君の下の名前を、彼女は当然のように口にする。そして、新井君はまだ寝ているとも言った。

私の頭の中でどうして？　と疑問と不安が駆け巡る。

「もしもし」

「……はい」

「二人で会えませんか？」

彼女の用件が何かもわからないまま、彼女と会う約束をした。

一度家に帰って身支度を整える。ろくに眠れなかったせいで目の下のクマがひどかった。私はそれをコンシーラーで隠すと、手早く着替えて待ち合わせの場所に向かった。

彼女が指定したのは、外資系高級ホテルのラウンジだった。煌《きら》びやかなロビーにめまいを覚えながらラウンジに向かった。

柔らかな絨毯《じゅうたん》にヒールが沈む。カフェスペースを見回すと、ゆったりしたソファで優雅にティーカップを持ち上げている女性に目が留まった。

以前のような私と同じ黒髪のロングストレートの女性は一人しかいない。きっと彼女が詩織さんなのだろう。もっと派手で気が強そうな女性を想像していた私は、その上品な美しさに戸惑い、足を止めて見入ってしまった。

ラウンジに新井君の姿はなかった。ということは、まだホテルの部屋で眠っているのだろうか。それとも行き違いで自宅に戻ったのか。

新井君と連絡が取れないことが私を疑心暗鬼にさせていた。新井君のスマホに連絡を入れようとしたけれど、彼女が新井君のスマホをまだ持っているかもしれないと思うと、その事実を知るのが怖くてできなかった。

私に気づいた彼女がこちらに視線を向けた。目が合うと、彼女は口角を上げて微笑んで見せた。その余裕の笑みが私の神経を逆撫でする。イラ立ちから奥歯を噛んで彼女を睨みつけた。

ここで立ち止まっていても仕方がない。私は意を決して、彼女に近づいた。

「岡田です」

私も彼女と同じように微笑んだつもりが、強張ってぎこちない笑みにしかならなかった。

「真山です。どうぞ」

電話で聞くよりも涼やかな声だった。昨夜、彼女が電話で泣いて新井君に縋ったとは、とても思えなかった。

彼女と向き合ってソファに腰を下ろす。正面から見る彼女は、私とどこが似ているのだろうと不思議に思うくらい格段に美人だった。年齢も私より五歳も下のはずなのに、その落ち着いた雰囲気に気圧されてしまいそうになる。

「突然呼び出してごめんなさい」

「いえ」

緊張で声が掠れてしまった私を、彼女は無表情で見つめている。渇いた喉に水を流し込んで潤し、気持ちを静めるため、ゆっくりと一つ息を吐いた。

私が注文を済ませると、彼女は間髪入れずに本題を切り出してきた。

「早速ですが、来ていただいたのは隆弘のことなんです」

途端に胃がキリキリと痛み出す。顔を向けると、まともに視線がぶつかった。切れ長の目が妙に色っぽくて、この目に新井君も見つめられたかと思うと、昨夜の胸騒ぎが現実になったような気がして不安になる。

「隆弘と別れてください」

「えっ?」

あまりにも単刀直入な物言いに唖然《あぜん》とする私を見据えたまま、彼女は続けた。

「昨夜話し合って、私たちやり直すことになりました。私もこちらで仕事を探して、隆弘と一緒に暮らそうと考えています。だから彼と別れてください」

彼女に呼び出された時から、こんな話だろうと予想はしていたけれど、彼女の言葉には傲慢《ごうまん》さが滲み出ていて、ひどく私を傷つけた。

昨夜彼女から電話がかかってこなければ、私たちは今頃一緒に過ごしていたはずだ。彼の本当の気持ちを知って誤解が解けたばかりだというのに、こんな勝手な言い分を鵜《う》呑みにできるわけがない。

「そんな話は信じられません」

つい語尾が荒くなった私を、彼女は一瞥すると、ティーカップに手を伸ばした。

私もつられるように運ばれてきたばかりのコーヒーを口に含む。余裕を見せたつもりが、その熱で舌を火傷して、目に涙が滲んでしまった。

しかし、そんなことに構っていられなかった。その潤んだ瞳のまま、彼女を睨みつける。頭の片隅で彼女の挑発に乗ってしまったことを後悔しながら、唇を噛んで怒りを堪えた。

「隆弘は優しいから、あなたにはっきり別れたいとは言わないと思うんです。だから私が代わりにお話ししました」

感情的になっている私に相反して彼女は至って冷静だ。その裏側にあるものを考えると不安で胸が押し潰されそうになる。

「私は新井君の言葉しか信じません」

必死に言葉を搾り出し、自分を鼓舞するように膝の上で拳を握りしめた。

「このまま付き合っていても、あなたが辛いだけですよ」

「私は彼と別れるつもりはありません」

「だったら、これを見てください」

彼女は強い口調でそう言うと、自分のブラウスのボタンを外し始めた。まだ時間も早く、人目も少ないとはいえ、その様子を呆気にとられて眺めていた。

けれど、次の瞬間、私は息をのんで固まった。なぜなら、はだけた彼女の胸元に生々しい情事の痕跡があったからだ。

彼女は勝ち誇ったように微笑んだ。

「隆弘はあっさりしているように見えて、実は独占欲が強くて嫉妬深いんです。私を抱くといつもキスマークをつけて束縛しようとする。それが嫌で別れたこともあったけど、今は彼の愛情表現だと思っています」

「そんな……」

嘘だと言いたいのに、そのキスマークに見覚えがあった私は反論するどころか、逆に言葉を失くしてしまった。

昨夜、新井君は彼女を抱いたから戻ってこなかったのだろうか。

白い肌に赤い花びらのように散らされたそれを、私はただ呆然と見つめることしかできなかった。

嘘だと思いたい。そのキスマークは新井君が付けたものとは限らない。でも、だったら、なぜ新井君から連絡が来ないのだろう……。

会いたい。今すぐ新井君に会って話がしたい。

さまざまな想いが頭の中で行き来してパニックになっていた。

「新井君は今どこに？」

「ホテルの部屋で休んでいます」

まるで勝者のような彼女の言い方に腹が立つというより、やっぱりと思ってしまった自分にショックを受けていた。

人の心は目に見えない。そして変わることもあると知っている。だからこそ、信じるしかないのだ。そう決心したのに、どうして私はこんなにも傷ついているのだろう。

何も考えられなかった。ただ溢れそうになる涙を堪えることしかできなかった。

どれぐらい時間が経ったのか、彼女が席を立った。何か言葉を投げかけられたような気がしたけれど、私の耳にはもう何も聞こえてなかった。

冷めてしまったコーヒーを見つめて「また火傷しちゃった……」とつぶやくと、今まで我慢していた涙がこぼれ落ちた。

ラウンジを出てどこに行くわけでもなく、地下鉄に乗って終点の姪浜《めいのはま》駅で降りた。

私が住んでいる街は同じ沿線であっても、真逆の福岡空港駅近くだから、この辺りはまったくといっていいほど馴染みがなかった。

大通りに沿ってぼんやりと歩く。区役所の前を通り過ぎると、お団子屋さんが見えてきた。その先にはショッピングモールがある。

どこかで休みたい。歩くことも億劫になってきた。そう思い、通りに面したお店を見回すと、自家焙煎の喫茶店の看板を見つけた。私は少し救われた気持ちになりながら、信号を渡ってその喫茶店に向かった。

喫茶店に近づくにつれ芳ばしい香りが漂ってくる。私はその香りに誘われるように木製のドアを押して中に入った。

　明るめの店内には、手前にいろんな種類の豆が並べられていて、カウンターの奥には焙煎機があった。エプロンをしている人のよさそうな年配の男性はマスターなのだろう。私を見ると微笑んで「いらっしゃいませ。どうぞ」と、店の奥へ招き入れた。

　カウンターは五席ほどで、その奥にテーブル席がある。ゆっくりしたかった私はお店が空いていたこともあり、奥のテーブル席を選んで足を進めた。

「岡田さん？」

「えっ？」

　背後から名前を呼ばれて、驚いて振り向いた。

「やっぱりそうだ。こんにちは堂林です」

　店内の席の一つに、堂林さんが座っていた。こんな日にこんなところで堂林さんに会うとは、なんてタイミングが悪いのだろう。そんな気持ちが顔に出てしまっていたのだろうか。堂林さんは席を立って、申し訳なさそうに頭を下げた。

「馴れ馴れしく声をかけてすみません。待ち合わせですか？」

「いえ、そういうわけでは……」

「この近くにお住まいなんですか？」

「いいえ」

堂林さんが私を怪訝《けげん》そうに見つめる。

いたたまれなくなって目を伏せると、目の前にネイビーのハンカチが差し出された。

「……え？」

「大丈夫ですか？」

その声に顔を上げると、堂林さんが優しく微笑んで私を見ていた。

「私……」

大丈夫じゃない。だからこんな時に優しくしないでほしかった。

堂林さんは嗚咽する私にハンカチを握らせて、自分の席に座るようにそっと背中を押した。そして、少し落ち着いたのを見計らって、私に本日のおすすめコーヒーを注文してくれた。

コーヒーが届く頃には、私の涙は止まっていた。

「ここのコーヒーが好きで、休日はよく飲みにくるんですよ」

「たしかに美味しいですね」

本日のおすすめコーヒーはグァテマラだった。ほどよい酸味と上品な苦味が特徴的で、私が好んで買う豆の一つでもあった。コーヒーを飲むと気持ちがいくらか安らいだ。

堂林さんが余計な詮索をしないでいてくれたこともありがたかった。一人になりたくて馴染みのないエリアまで来たけれど、誰かが一緒にいてくれたほうが悪い方向に考えなくて済むのかもしれない。心の中で堂林さんに感謝しながら、コーヒーを口に含んだ。

「お腹は空いてませんか？」

「そういえば……空いてますね」

朝から何も口にしていなかったことに気がつくと、途端に空っぽの胃にコーヒーがしみるような気がした。

「ここのホットサンドは絶品なんですよ。食べてみませんか？」

「じゃ、食べてみようかな」

「わかりました」

堂林さんがホットサンドをオーダーする間、バッグからスマホを取り出して着信をチェックした。けれど、いまだに新井君からの連絡は入っていなかった。

やはり彼女が言ったことは本当なのだろうか。連絡ができない理由があるとしたら、それはいったい何なのだろう。考えれば考えるほど、泥沼に陥っていく。

「岡田さん、ため息をついていると、幸せが逃げますよ」

堂林さんに茶目っ気たっぷりに言われ、自分がため息をついたことに気がついた。

「あ、ごめんなさい」

「なんて、バツイチの僕がいうのもアレですけど」

そう言って、堂林さんは笑顔を見せた。そして、コーヒーを口にすると続けた。

「何か辛いことがあったんですね？　でも、僕にとっては、もう一度岡田さんに会うことができたのでラッキーでした」

「そんな……。あの、今まで連絡もせずに申し訳ありませんでした」

「いえ、連絡のないことが返事だと思っていたので構いませんよ」

堂林さんは大人だ。責めもせず、私の非礼を受け止めてくれる。こんな包容力のある人がどうして私のことを気にかけてくれるのだろう。もっと他にふさわしい女性はたくさんいるはずなのに……。

知らず知らずに見つめていたのだろう。堂林さんが「僕の顔に何かついてますか？」と頬に手を当てた。

「あっ、ごめんなさい。あの……堂林さんはどうして私を……」

自分が自意識過剰に思えて、最後の言葉をのみ込んだ。けれど、堂林さんには、私が言いかけた言葉が伝わっていたようだ。

「僕が岡田さんを気に入った理由は、そうですね……簡単に言えば、雰囲気でしょうか。話していて心地よかったので、また会いたいと思いました。それじゃ、ダメですか？」

「ダメじゃないです。だけど、私なんて……」

素直に堂林さんの気持ちは嬉しい。だけど、そこまで言ってもらえる価値が自分にあるとは思えないのだ。

「岡田さんは自己評価が低過ぎです。もっと自信を持ったほうがいい」

「自信……」

少し叱りつけるような強い口調で言われたことで、お世辞には感じられなかった。少なくとも私の心には響いていた。

堂林さんが言うように、私は自己評価が低過ぎなのかもしれない。けれど、わからないのだ。自信を持つとは具体的にどうすればいいのだろう。

「自分を信じることです」

「え？」

「自分の気持ちを信じることができたら、自分が愛する人も信じられます。それができたら人は強くなれるし、たいていのことには動じなくなります」

「堂林さん……」

目が覚めたような気がした。堂林さんが言うように、私は自分自身を信じていなかったのだ。自分を信じていないから、他人も信じられない。だから、新井君の気持ちも疑ってしまった。

そして、詩織さんの言葉に惑わされて大事なものが見えなくなっていた。私はまだ何も失っていない。大切なものはちゃんとここにある。そんなこともわからないなんて……。

「彼と喧嘩でもしたんでしょう？　ホットサンドを食べたら、すぐに仲直りに行ったほうがいい」

堂林さんは最初からすべてお見通しだったようだ。

「温かいうちに食べましょう」

堂林さんの言葉で胸のつかえが取れた私は、笑顔になって「はい」と答え、ホットサンドに手を伸ばした。

食べ終えると、二人で店を出た。ホットサンドは優しい味がした。一口食べるごとに、心が温かさを取り戻していくようだった。きっと、私はこの味を一生忘れないだろう。そして、私を救ってくれた堂林さんのことも忘れないと思う。

「ご馳走になってしまって。本当にありがとうございました」

心からの感謝を込めて頭を下げた。

「どういたしまして」

「今日、堂林さんに会えてよかったです」

「僕は、彼よりも早く岡田さんに会いたかった」

「それは……ごめんなさい」

言葉に迷いながらそう返すと、堂林さんは声を出して笑った。

「じゃあ、ここで」

「はい……。さようなら」

〝また会いましょう〟とは、お互い言わなかった。

駅に向かう途中、一度だけ振り返った。そこには颯爽《さっそう》と歩く堂林さんの後ろ姿があった。借りたハンカチを返す日は来ないだろう。でも、それでいいと堂林さんも思っているはずだ。

背中を押してくれた堂林さんに、素敵な人との出会いがあることを心の中で願いながら駅へと急いだ。

福岡空港駅行きの地下鉄に乗り博多駅に向かう。途中スマホから新井君にメールを送ったけれど返信はなかった。でも不安は消えていた。もう何にも惑わされない。

新井君のマンション近くのスーパーで食材を買い込んだ。今日は新井君の大好物のカレーを作って待つつもりだ。

そう、私は新井君の帰りをただ待っていればいい。新井君が帰ってきたら笑顔で「おかえり」と言って、二人でカレーを食べる。夜になったら一緒に眠って、朝起きたらおはようのキスをする。そんな日常を積み重ねていきたい。

エントランスに着いてオートロックを解除する。エレベーターを待っている間も、何とも言えない高揚感でいっぱいだった。早く新井君に会いたい。そして、そのたくましい腕で思いきり抱きしめてほしい。

はやる気持ちを抑え、ドアの前で深呼吸をしてからインターホンを押した。しばらく待っても応答がないので、私はバッグから合鍵を取り出し、中に入った。

部屋は出て行った時と同じ状態だった。飲みかけのマグカップが二つ、シンクに置きっぱなしになったまま。新井君はまだ部屋に戻っていないのだろう。私は買ってきた食材を冷蔵庫にしまうと、マグカップを片づけてカレーの準備に取りかかった。

今の私にできることは、心を込めて料理を作り、彼を笑顔で出迎えることだ。私たちは、きっと大丈夫。新井君の気持ちを、そして彼を愛する自分の気持ちを信じているから――。

カレーとポテトサラダを作り終えても、新井君は戻って来なかった。私はソファにうずくまって帰りを待つ。ブランケットに包《くる》まっていると、昨夜ほとんど眠れていないこともあって、気がつけば完全に眠りに落ちていた。

誰かが私の名前を呼んだような気がした。肩を優しく揺すられても目を覚まさない私を、その誰かが優しく抱きしめた。

「ショーコさん」

「……ん」

今、〝新井君、おかえり〟って、ちゃんと言葉にできただろうか。半分ぼやけた意識のまま、新井君の胸に頬をすり寄せると、小さな笑みが落ちてきた。

私はどこにも行かない。いつでもここで新井君の帰りを待っている。そんな想いで彼の服に手を伸ばした。

「こんなところで寝てたら風邪引くよ」

そう耳元で囁かれたかと思うと、私は抱き上げられた。宙に浮くような浮遊感に彼の身体にしがみつく。

「新井君」

まぶたを持ち上げると、私を愛おしそうに見つめる顔がすぐそこにあった。

「すみません。起こしちゃいましたね」

いたわるような優しい声に、小さく首を横に振る。

「ううん、いいの」

「寝るならベッドに」

「あ、ご飯……」

カレーを作っていたことを思い出して口にすると、新井君は嬉しそうに頬を緩めた。

「カレーですか」

「うん」

「作ってくれてありがとう。でも、その前に」

ベッドに私を下ろすと、新井君は私をきつく抱きしめて、その存在を確かめるような激しいキスをした。強引に舌が差し込まれて口内をうごめくと、ぼんやりしていた頭が瞬時に覚醒してその熱に浮かされそうになる。

「んっ、待って」

　苦しくて胸を叩いて抗議する。キスの前に新井君に話しておきたいことがあった。

　詩織さんと会って話したこともそうだし、何より私が新井君の気持ちを信じていると伝えたかった。

「ごめん。でも……」

　余裕のない新井君の声に身体の奥がじわりと熱くなる。さらにキスを続けたあと、ようやく新井君は唇をわずかに離して甘く低い声で囁いた。

「もうここには来てくれないと思った」

「そんな……」

「詩織がショーコさんに言ったことは全部嘘だから」

「うん。わかってる」

　あれほど動揺したのに、新井君の口から聞くとそうだと思えるから不思議だ。

「信じてくれる？」

「もちろん」

　微笑んだのに、私の瞳から涙がこぼれ落ちた。

「ショーコさん、泣かないで」

私の涙を拭う新井君の指はどこまでも優しい。だから、涙に代わって素直な気持ちがこぼれていく。

「……本当はね、新井君から連絡が来なくて不安だったの」

「詩織が俺の飲み物に睡眠薬を混ぜていたらしくて、その時にスマホを取り上げられたんです。だから連絡もできなくて」

「もしかして、返してもらってないの？」

「そうなんですよ。本当、参った」

私が詩織さんと会った時、新井君はホテルの部屋で休んでいると言ったけれど、ある意味、本当だったのだ。そうだ……であれば、あのキスマークの真相はどうなのだろう。

「新井君、あの夜……」

詩織さんを抱いたのか。聞いてもどうしようもないとわかっていたけれど、聞かずにはいられなかった。

「何？」

新井君が私の瞳を真っすぐに見つめる。

「詩織さんの胸元にキスマークがあったの。だから……」

「それは、俺じゃありません」

「えっ？」

信じてはいたけれど、きっぱり言い切られて言葉につまった。

「まさか、俺だと疑ってたんですか？」

「ううん。そうじゃないけれど、前に新井君に付けられたことがあったから……」

新井君は、ため息交じりに言葉を吐き出した。

「そうでした。まぁ、そう思われても仕方ないですよね。それにしても、アイツそこまでやるとは……」

話を聞くとこうだった。

数日前から詩織さんから何度か電話がかかってくるようになり、冷たくあしらっていたが、あの夜電話口で、ホテルに来てくれないと手首を切って死ぬと泣き叫んだらしい。以前にも似たような騒ぎを起こしたことがあったので、新井君は放っておくことができずに様子を見に行った。

話し合った結果、詩織さんは〝あきらめる〟と言ってくれて、代わりに最後に出されたお茶を飲み終わるまででいいから相談に乗ってほしいと頼まれ、彼女の近況を聞いているうちに意識を失ったらしい。そして、スマホを取り上げられ、詩織さんは着信履歴を見て、私に連絡をしてきたというわけだった。

「詩織さんは、もう大丈夫なの？」

「アイツ、俺のことが好きなわけでも何でもないんですよ。付き合っていた男と結婚するとかしないとかで揉めて、俺のところに逃げてきただけなんで」

「でも……」

「昔から詩織はそうなんです。俺だと自分の都合のいいように扱えると思っているんですよ」

忌々しそうに新井君は吐き捨てたけれど、詩織さんを受け入れてきたのは新井君自身だ。そして、そこには少なからず愛情があったはず。愛する人を受け入れて、また裏切られて、そんなことを何度繰り返してきたのだろう。新井君の気持ちを思うと私まで胸が苦しくなった。

できることなら、過去の恋愛で傷ついた新井君の心を、私が癒してあげたいと思う。

「これからは、私がそばにいるから」

私の言葉に新井君はホッとしたように微笑んだ。

「そうしてください」

見つめ合って短いキスをした。

「ね、カレー食べない？」

「後じゃダメですか？」

「お腹空いたの」

新井君は「仕方ないな」とつぶやきながら、私をベッドに押し倒した。

翌年の八月、新井君の誕生日。私たちはお祝いをするために浄水通り近くの地中海料理のレストランに来ていた。レンガ造りの外観がお洒落なこのレストランを訪れるのはずいぶん久しぶりのことだった。

たしか健太郎とクリスマスに食事をして以来だから、三年ぶりになるだろうか。彼と別れてからは、引きこもりのような生活を送っていたので、このレストランからも足が遠ざかっていたのだ。

「このお店ですか？」

お店の前で感慨深く立ち止まった私に、新井君が声をかけた。

私は振り向くと「そうだよ」と、笑顔で答えた。

アンコウの可愛らしい看板は今も健在で、その様子にホッとしながら木製のドアを開けてお店の中に入った。

新井君の誕生日は、どうしてもこのレストランでお祝いがしたかった。お店のマダムに彼を恋人として紹介したかったからだ。

マダムの優子《ゆうこ》さんは会社の先輩で、私が新人の頃、部署は違ったけれど、とても親切にしてもらった。会社の人間関係で悩んでいた時は、何度彼女に助けてもらったかわからない。どんなに辛くても理解者が一人いてくれることで、私は前向きに仕事に取り組むことができた。

やがて彼女がオーナーシェフと結婚して退職することになっても、私たちの縁が切れることはなく、何年かに一度はこの店を訪れ、こうして付き合いが続いているのだ。

「こんにちは」

「ショーコちゃん、今日はご予約ありがとうございます」

私を見ると、優子さんが華やかな笑顔で迎えてくれた。予約の電話の時、健太郎と別れたことを告げると残念そうだったけれど、紹介したい人がいると伝えると、自分のことのように喜んでくれた。

「お久しぶりです。あの、ご無沙汰《ぶさた》してしまってすみません」

なんだか申し訳なくて頭を下げると、優子さんは「いいの、いいの」と顔の前で小さく手を振った。

「覚えていてくれただけで嬉しいの。さぁ、奥にどうぞ」

店内はテーブル席が五つのみで、奥の席は半個室になっている。夫婦の二人とパティシエの計三人でお店を切り盛りしているのだ。

白いテーブルクロスの上には、優子さんの趣味の花が上品に飾られていた。

「感じがいいお店ですね」

「気に入ってくれてよかった。料理もすごく美味しいから期待してて」

「楽しみです」

優子さんおすすめのシャンパンで乾杯して新井君の誕生日を祝った。

「新井君、誕生日おめでとう」

「こういうところで改まって言われるのは照れくさいですね」

ディナーの演出でテーブルにキャンドルが灯されると、その柔らかな光が新井君の端整な顔立ちを際立たせた。目を伏せると男性なのに色っぽくて、私はつい見惚れてしまいそうになる。

「じっと見て、どうかしたんですか？」

「……幸せだなと思って」

「俺もです」

この日を一緒に過ごせてよかった。そう思うとじわりと涙が滲んだ。

「ショーコさん」

「え？」新井君の改まった口調に心臓が大きく脈打つ。

背筋が伸びるような気持ちで見つめると、新井君も真っすぐに私を見据えて、それから意を決したように口を開いた。

「本当はデザートの時に言おうと思っていたんですけど、緊張してどうにかなりそうなんで、最初に言います――」

新井君の唇の動きを目で追った。その瞬間はまるでスローモーションのようだった。

新井君が言い終えると、私は震える手でシャンパングラスに手を伸ばし、喉に流し込んだ。

「……ごめん。今、何て言ったの？」

聞こえなかったんじゃない。信じられなかったのだ。

テーブルの上にはダイヤの指輪が置かれていた。キラキラと眩《まばゆ》い光を放つそれが意味するものを私は知っている。けれど……。

新井君は呆れたように笑った。それから、私の手を取ってダイヤの指輪を左手の薬指にはめて真剣な瞳で私を見つめた。

「もう一度だけ言います。ショーコさん、僕と結婚してください」

「でも、私……」

突然過ぎて、どう返事をしていいのかわからない。嬉しいはずなのに、驚いて何も言葉にできなかった。

新井君が涙で滲んで見えなくなっていく。繋いだ指先から新井君の熱が伝わると、私の頬から涙がこぼれ落ちた。

本当に私でいいの？　絶対に後悔しない？　何度もそう言いかけて、のみ込んだ。

「ショーコさん、俺のためにうなずいて」

なかなか返事をしない私に優しく彼が言う。

私は新井君の手を握りしめ、何度もうなずいて見せた。まだ愛され続けられる自信はないけれど、彼の気持ちを信じてついていこうと、心に誓った。

料理は真ダコのカルパッチョやアンティパストの盛り合わせから始まって、メインの魚介のグリルにたどり着く頃には、お腹いっぱいになっていた。

「ショーコさんはバケットを食べ過ぎなんですよ」

「ペース配分を間違ったみたい」

前菜でプロポーズを受けた私はふわふわした気分になりながら、無心でバケットに手を伸ばしていた。その結果がこうだ。

「無理なら、俺が二人ぶんいただきます」

「大丈夫だって、ちゃんと食べられるから」

私のお皿を取り上げようとする新井君を軽く睨んだところで、優子さんがワインボトルを手に、私たちのテーブルにやってきた。

「盗み聞きしてたわけじゃないんだけど、これ、私たちからのお祝い。ショーコちゃん、婚約おめでとう」

「ゆ、優子さん」

「素敵な指輪ね」

優子さんの言葉で、私の涙腺は決壊してしまった。

泣きながら食べた料理の味を私は一生忘れないと思う。

薬指の指輪の重みと愛する人のはにかんだ顔。それから、プロポーズの言葉も私の宝物になった。

エピローグ

結婚式の日取りは、その翌年の六月に決めた。ジューンブライドは私の憧れだったからだ。

美保以外に付き合っていたことを知られていなかった私たちの結婚は、社内でちょっとしたニュースになった。私が新井君より六歳も年上だったことや、彼が女子社員に人気があったこともあって、いろいろ勘繰られたりもした。

周りの雑音にナーバスになった私は、イライラして彼に八つ当たりをすることもあった。小さな喧嘩が絶えなくなって、ある日私が「結婚式をやめる」と言い出した時は、彼もさすがにマズイと思ったのか、辛抱強く私を説得して仲直りをした。

準備がすべて整った今、振り返ると大変ではあったけれど、そのぶん二人の絆は強くなった気がする。

梅雨入りしたにもかかわらず、結婚式当日は願ってもない晴天だった。雲一つない青空を見上げると、その眩しさに手をかざして目を細めた。何だかすべてが夢のように思えてしまう。

　私たちは福岡の街を見下ろす山の上に建つホテルで式を挙げた。

　ガラス張りの窓の向こうに、緑と大空が広がる開放感いっぱいのチャペルは、私が夢描いていたイメージにぴったりだった。私の希望を叶えようと、根気よく式場めぐりに付き合ってくれた彼に心から感謝した。

「そろそろ行こうか」

「うん」

　彼と腕を組んで教会の外に出る。爽やかな青空に舞う色とりどりのフラワーシャワーを浴び、参列者に笑顔で応えた。その中に美保の姿を見つけて小さく手を振った。

　美保は私たちの結婚を一番に喜んでくれた。手に握りしめているハンカチはクシャクシャになっていて、マスカラが涙で滲んで目元が少し黒くなっていた。

　美保にも早く幸せになってほしいと、心から思う。

「祥子、すごく綺麗だよ」彼が耳元で囁く。

「もう、そればっかり」照れながら、私を見つめる彼に微笑みかけた。

　私たちの左手の薬指には結婚指輪が光っている。そして、私は両手にカサブランカと、淡いピンクのバラのブーケを抱えていた。

　これから、次の幸せに繋げるブーケトスだ。

「祥子、準備はいい？」

「うん」彼の言葉に笑顔でうなずく。

健太郎の幸せを見届けたあの日から、私の幸せへのレールは敷かれていたのかもしれない。きっと、幸せは連鎖するのだ。

「じゃあ、いくよ。３・２・１」

彼の合図で、私は手に持っていたブーケを空高く投げた。

歓声の中、白いブーケが青空に弧を描いて舞い落ちる。それを二人で、目で追った。

しっかり捕まえて。

次は、あなたが幸せになる番だから。

Ｆｉｎ

もう一度、優しいキスをして

発行――――●二〇一六年八月二十五日　初版第一刷

著者――――●高岡みる
発行者――――●須藤幸太郎
発行所――――◉株式会社三交社
〒一一〇―〇〇一六
東京都台東区台東四―二〇―九
大仙柴田ビル二階
TEL 〇三（五八二六）四四二四
FAX 〇三（五八二六）四四二五
URL：www.sanko-sha.com

本文組版――――●softmachine
印刷・製本――――●シナノ書籍印刷株式会社
装丁――――●ビーニーズデザイン　野村道子
Printed in Japan

ISBN 978-4-87919-274-5

エブリスタWOMAN

EW-005

摂氏100℃の微熱

野咲あや

子供の頃に震災を経験し、心に深い傷を負った女性と、恋を失ったばかりの東京から来た青年のもどかしくもピュアな恋愛模様。

EW-006

媚薬

来栖みあ

自分を着飾る事だけを考えていたら、恋なんかとっくの昔にライフスタイルから消え去っていた。壊れた恋愛メーターは再び動き出すのか?

EW-007

あなたが私にくれたもの

橘いろか

「おまえがほしい」　恋から遠ざかっていた【仕事女】を目覚めさせたのは…。三年ぶりに恋をした【仕事女】に迫る悪魔達。

EW-008

不器用な唇

白石さよ

私を虜にする冷徹な瞳。素直になれない二度目の社内恋愛。だってそれは、見たくないものまで見えてしまうから……。

EW-009

Perfect Crime

中島梨里緒

いつも無表情で何を考えているか全く分からない男、東雲遥人。彼の本当の目的に気付いた時、もう一つの罠が動き出す。

エブリスタWOMAN

EW-010

Two for Three

秋ヶ瀬仁菜

彼氏と別れて新しい家を探すことになった本庄あやめ25歳。家賃5万円に惹かれたルームシェアの相手はなんと……

EW-011

満月に恋して

美月優奈

元彼の結婚式の帰り道。公園で満月を見ながら一人ヤケ酒をあおっていた沙耶だったが、気がつくとホテルの一室で、しかも隣には見ず知らずのイケメンが寝ていた!?

EW-012

Love me, I love you

美森萠

恋する心に蓋をしたキャリアウーマン【ふたば】×恋愛不器用なイケメン課長【坂崎】 二人の行きつく先は？ 熊本を舞台に繰り広げられる超純愛ストーリー！

EW-013

ゴミ捨て場から愛を込めて

七海桃香

念願の寿退職した真理だったが、挙式最中に女が乗り込んで来て奈落の底に突き落とされる。自暴自棄の日々を過ごす真理の前に「イヤなことは全部燃やせ」と言い放つ男が現れた。その男は……。

EW-014

モテる女の三ヶ条

藤崎沙理

愛莉、23歳。彼氏いない歴も同じでバージン。加えてちょっぴりオタク。ある日、会社の帰り道に貰ったポケットティッシュ広告に、自分を変えようと思い切ってメールを送ってみると……。

エブリスタWOMAN

EW-015

目覚めたらあなたが、夢の中には彼が……

佐多カヲル

部長職で自社株の1%を保有するキャリアウーマン、えり。でも最近は一人で過ごす休日がむなしく感じていた。そんなおり、異なる二人の男に惹かれてしまう。三十代半ば、揺れる想い。えりの行き着く先は……。

EW-016

お嬢様、初体験のお時間です

東山桃子

父親に無理矢理お見合いをさせられたことで、キレた紫織は家出を決意する。親友の彼氏に「住み込みのいいバイト紹介しようか？」と言われ、藁をも掴む思いで頷いた紫織だったが……。

EW-017

営業トークに気をつけて

にのまえ千里

ある日、瀬名は玄関先に現れたイケメン営業マンに、「一目惚れなんだ」といきなり告白をされて大混乱してしまう。オタク女子の瀬名は、リアル恋愛に目覚めることができるのか？

EW-018

雨がくれたキセキ

桜井ゆき

鈴那は勤務先の上司と付き合っていたが、突然別れを告げられ、さらに解雇を言い渡されてしまった。途方に暮れ、居場所を求めてさまよう彼女が、苦悩の末にたどり着く場所とは？

EW-019

だからサヨナラは言わない

西島朱音

老舗呉服店の長女として生まれた大河内柚花。大河内家には「男子に恵まれなかった場合、長女が二十歳になるときに、当主が選んだ者と契りを結ぶ」というしきたりがあった。柚花は運命を変えるため家を飛び出す。彼女を待ち受けるのは、希望 or 絶望？

エブリスタWOMAN

EW-020

泣きたい夜にもう一度

周桜杏子

森園すず、33歳、独身。恋愛なんて面倒くさい。可愛げのない女代表。だけど、ふと訪れたダイニングバーで出会った男が、忘れていた女の性をくすぐる。そして、その男との再会が、彼女の人生を大きく変えることになる。

EW-021

MONSTERの甘い牙

橘いろか

突然社長が倒れ、代わりにやってきたのは超俺様男。社長秘書の望愛は、そんな彼に翻弄されながらも業務を全うしようと必死に頑張るのだが……。社長室と秘書室で繰り広げられる、切なくも甘い社内恋愛物語。

EW-022

もう一度、恋をするなら

北川双葉

千沙は出張先の大阪支社で出会った男に惹かれ、その日のうちに身体の関係を結んでしまう。しかし、彼の意味深な言動に一喜一憂する毎日。彼への恋熱をどうすることもできない千沙は、ある決断をするが……。

EW-023

恋愛における思想相互の法則と考察

鬼崎璃音

女子大生の瑠夏は、憧れの講師、藤乃川と交際を始めるが、その交際は【電話だけ】という条件付き。さらに藤乃川にはある魂胆があった。それでも一途に想い続ける瑠夏に、頑なだった藤乃川の心はほぐれていくのだが……。

EW-024

サンタクロースな彼は湯の町Flavor

竹久友理子

派遣OLの沙織は次の勤務先が決まらず焦っていた。そんなとき、旅館を営む実家が緊急事態と知り帰ってみると、長身で白い肌に金髪、そしてブルーの瞳の外国人が客として訪れた。この出会いが沙織の人生を大きく変えることになる。

エブリスタWOMAN

EW-025

スニーカーを履いたシンデレラ

江上蒼羽

「キミ……華がないんだもの」という理由で、職場をクビになった直井華。しかし再就職先で待ち受けていたのは、仕事はできるが完璧主義の俺様上司だった。すり切れたスニーカー女子にも、シンデレラになれる日が訪れるのか!?

EW-026

INNOCENT KISS

白石さよ

大手商社で女性初の海外駐在員に選ばれた美紀。帰国してみると、海外赴任をきっかけに別れた彼は新しい恋人と近々結婚するという。気丈に祝福したものの、空しさがこみ上げてきて会社の後輩と過ちを犯してしまった。彼女の行き着く先は……

EW-027

秘蜜

中島梨里緒

夫のポケットから出てきた知らない女性の携帯番号。夫への浮気の疑惑と、未来を捨てた年下男との出会いが10年の結婚生活を破壊させていく。夫、妻、年下男…3人がたどり着く先は?
ラストまで目が離せない禁断のラブストーリー。

EW-028

妊カツ

山本モネ

大学時代の同級生二人がひょんなことから再会を果たす。ともに35歳独身。性格は違うが共通する悩みは迫りつつある妊娠・出産のリミット。恋を取って、子供をあきらめるか。恋を捨てて、子供をとるか。究極の選択に二人が出した答えは!?

EW-029

狂愛輪舞曲

中島梨里緒

過去の苦しみから逃れるために行きずりの男に抱かれ、まるで自分へ罰を与えるように地獄の日々を過ごす高野奈緒。そんな彼女が、かつて身体の関係を結んだ男と再会する。複雑に絡み合う人間模様。奈緒の止まっていた時間が静かに動き始める。

エブリスタWOMAN

EW-030

もっと、ずっと、ねえ。

橘いろか

ひかるには十年会っていない兄のように慕っていた七歳年上の幼馴染みがいる。そんな二人がひかるの就職を機に再開したが……。少女の頃の思い出が温かすぎて、それぞれの想いに素直になれない、もどかしい恋物語。

EW-031

マテリアルガール

尾原おはこ

小川真白、28歳。過去の苦い恋愛経験から信じるのはお金だけ。愛の言葉をささやかれても、いい思いをさせてくれない男とは付き合わない。そんな彼女の前に、最高ランクの男が二人現れる。一方で、過去の男たちとの再会に心が揺さぶられ、自分を見失いそうになるが……。

EW-032

B型男子ってどうですか？

北川双葉

凛子は隣に引っ越してきた年下の美形男子が気になり始めるが、苦手なB型だとわかる。そんな折、年上の紳士（O型）と出会い、付き合ってほしいと告白される――。B型アレルギーだと信じ込むばかりに、本当の気持ちになかなか気づくことができない凛子。血液型の相性はいかに!?

EW-033

札幌ラブストーリー

きたみ まゆ

タウン情報誌の編集者をしている由依は、就職して以来、仕事一筋で恋はご無沙汰。そんな仕事バカの彼女がひょんなことから、無愛想な同僚に恋心を抱いてしまう。でも、その男には別の女の影が……。28歳、不器用な女。7年ぶりの恋の行方はいかに!?

EW-034

嘘もホントも

橘いろか

地元長野の派遣社員として働く香乃子は、ひょんなことから、横浜本社の社長秘書に抜擢される。異例の人事に社内では「社長の愛人」とささやかれ、秘書室内での嫌がらせは日常茶飯事。そんな逆風の中、働きぶりが認められ、正社員への道が開かれるが……。過去と嘘と真実が交わる中、香乃子の心が行きつく果ては？

エブリスタWOMAN

EW-035

優しい嘘

白石さよ

瀧沢里英は、上司の勧めで社内一のエリート・黒木裕一と見合いをした。それは元恋人、桐谷寧史にフラれたことへの当て付けだったが、その場で黒木はいきなり結婚宣言をする。婚礼準備が進むなか、里英の気持ちは次第に黒木に傾いていく。しかし一方で、彼女はこの結婚の背後に隠された〝秘密〟に気づき始める。

EW-036

ウェディングベルが鳴る前に

水守恵蓮

一ノ瀬茜は同じ銀行に勤める保科鳴海と結婚した。しかしハネムーンでの初夜、鳴海の元恋人が突然二人の部屋に飛び込んできて大騒動になる。鳴海は彼女を送っていくと言ったまま、その夜帰ってこなかった。激高した茜は翌日ひとりで帰国の途に就き鳴海に離婚届を突きつけるが……。

EW-037

なみだ金魚

橘いろか

美香子と学は互いに惹かれ合うが、美香子は自身の生まれ育った境遇から学に想いを伝えることができない。一方、学は居心地のよさを感じ、ふらりと美香子のアパートを訪れるようになった。そんな曖昧な関係が続き二年の月日が流れた頃、運命の歯車が静かに動き始める……。

EW-038

TWINSOULS《ツインソウル》

中島梨里緒

遥香は別れた同僚の男と身体だけの関係を続けている。ある日、帰宅途中の遥香の車が脱輪しているところを、偶然通りかかったトラックドライバーが助けてくれた。お礼も受け取らずに立ち去ったドライバーのことが気になっていた矢先、遥香の働く会社に彼が現れる。この再会は運命か、それとも……。

EW-039

Lovey-Dovey 症候群《シンドローム》

ゴトウユカコ

高梨涼は不倫相手に「妻と別れることができなくなった」と告げられる。自暴自棄に陥った涼は泥酔の果て、立ち寄ったライブハウスで少年のようなヴォーカルの歌声に魅了された。翌朝、隣には昨夜の少年が裸で眠っていた——。恋に仕事に揺れ動く26歳と、心に傷を負った18歳の年の差の恋が、今、始まる。

エブリスタWOMAN

EW-040

バタフライプリンセス

深水千世

大学生の田村遼は男らしい性格のせいで彼氏に振られて酔いつぶれてしまう。そんな遼を助けてくれたのは、Ｂａｒ『ロータス』のバーテンダー・信幸だった。変わりたいと思い、ロータスでアルバイトを始めた遼だが……。素直になれない【さなぎ】は蝶のように羽ばたくことができるのか!?

EW-041

雪華 ～君に降り積む雪になる

白石さよ

控えめな性格の結子は大学で社交的な香穂と出会い仲良くなったが、二人とも同級生の篤史を好きになってしまう。香穂と篤史が付き合うことになり、結子は気持ちを明かすことができず、結子の恋はそこで終わった。だが、香穂の死が結子と篤史を繋げてしまう。二人のたどり着く先は――？

EW-042

再愛 ～再会した彼～

里美けい

白河葉瑠は高校の時、笑顔が素敵で誰からも好かれる楢崎怜斗に恋をした。奇跡的に告白が実ったが、大学に進学したある日、彼から一方的に別れを告げられた。それから八年、心の傷を癒せないままの葉瑠が異動した先で再会した怜斗は、無愛想で女嫌いな冷徹エースへと変貌していた――。

EW-043

となりのふたり

橘いろか

法律事務所で事務員をしている26歳の霧島美織のそばに今いるのは、同じ事務所で働く弁護士の平岡彰と名前も知らないパン屋の店長。友達は『適齢期の私たちが探すべきなのは【結婚相手】だ』と言うが、美織はパン屋の店長がどうしても気になってしまう。そんな時、平岡に付き合おうと言われ――。

EW-044

見つめてるキミの瞳がせつなくて

芹澤ノエル

札幌でネイルサロンを営む椿莉菜は、29歳の誕生日に四年間付き合っていた彼から別れを告げられる。そんな莉菜の前にファーストキスの相手である年下のイトコ・類が現れ、キスと共に告白をして去っていく。徐々に類に惹かれていく莉菜だったが、ある日類の元カノがやってきて――。